Friedrich Hebbel

# WELTGERICHT MIT PAUSEN

Aus den Tagebüchern

Auswahl und Nachwort
von Alfred Brendel

Carl Hanser Verlag

Zitiert nach der Ausgabe in den Hanser Klassikern
Friedrich Hebbel: Werke in 5 Bänden
herausgegeben von Werner Keller und Karl Pörnbacher
Band 4 und 5

1 2 3 4 5 12 11 10 09 08

ISBN 978-3-446-23075-0

Satz: Greiner & Reichel, Köln
Druck und Bindung: Friedrich Pustet, Regensburg
Printed in Germany

INHALT

Einleitung 7

Jeder Charakter ist ein Irrtum 11
Aphorismen, Meinungen, Behauptungen

Ein fetter Bettler 43
Kuriosa, Grotesken, Beobachtungen

Napoleons Kammerdiener 93
Träume

Ein böses, unheilgebärendes Feuer 103
Persönliches

Dichten heißt, sich ermorden 117
Zu Literatur und Theater

Nachwort 153

Personenregister 171

# EINLEITUNG

Unter den schönen, wichtigen, kuriosen und überflüssigen Büchern, die meine Bibliothek beherbergt, sind Hebbels Tagebücher etwas Einzigartiges: Sie sind dies alles auf einmal. Es entfaltet sich darin das Panorama einer genialen Persönlichkeit, die vom Großartigen bis ins Fragwürdige reicht, ein Gesamtbild, das in solcher Vielschichtigkeit und Widersprüchlichkeit seinesgleichen sucht. Von Tagebüchern des üblichen Zuschnitts ist hier kaum mehr zu reden: Peter von Matt hält Hebbels Version dieser Gattung geradezu für eine eigene Kunstform, und zwar jene, in der er seiner Zeit am weitesten vorauseilte. Dass sie auch Überflüssiges, Überholtes, allzu Zeitgebundenes mit einschließt, schmälert nicht die erstaunliche Originalität eines Unternehmens, das den Rahmen eines Dokuments nach allen Richtungen sprengt.

Als mir vor Jahrzehnten Hebbels Tagebücher in einem Wiener Antiquariat in die Hände fielen, hatte ich von ihm die Vorstellung eines etwas verkrampften Grüblers, eines Bühnendichters, dem die Welt als unrettbar tragisch galt, eines eher zerebralen Lyrikers und ästhetischen Dogmatikers – eine Vorstellung, die mir, dem Shakespeare- und Nestroy-Verehrer, den Umgang mit Hebbel nicht gerade aufdrängte. Mit seinen Tagebüchern entdeckte ich einen ganz neuen Autor, der mein Herz und Hirn im Nu elektrisierte.

Ich hatte bereits Lichtenberg mit Entzücken gelesen und das Theater Becketts und Ionescos als etwas Ersehntes und Erwartetes begrüßt. Zumal in den kürzeren, fragmentarischen Eintragungen erschien mir Hebbel nun wie ein Brückenschlag vom Göttingen des 18. Jahrhunderts in meine eigene absurde Gegenwart. Ich erlebte das »Gefühl, als ob Dinge emportauchten, die im Chaos steckengeblieben sind« [Tagebücher 5906]. Was hier zum Vorschein kommt, sind Momente schärfster Klarheit, aber auch solche, die sich traumhaft ihren Weg aus dem Unbewussten gebahnt haben.

Wenn Lina, die Haushälterin meines Lehrers Edwin Fischer, nach dem Besuch eines meiner Konzerte bei mir im Künstlerzimmer erschien, freute ich mich schon darauf, dass sie sagen würde: »Schön haben Sie gespielt, Herr Brendel – auch die schönen Stellen!« Nun hat das, was von Frau Gerlieb als »schöne Stellen« wahrgenommen wurde, innerhalb der musikalischen Architektur eines Beethoven-Konzerts einen anderen Stellenwert als die schönen (kuriosen, verrückten, besonderen) Stellen im Konglomerat von Hebbels Diarium. Sie aus dieser zufälligen Anhäufung herauszugreifen, schien mir legitim und wünschenswert. Die Anordnung in Aphoristisches, Kurioses, Träume, Privates und Literarisches ergab sich gleichsam von selbst. Die Reihenfolge ist jeweils chronologisch.

Ich bitte den Leser nun, sich auf Hebbels »beschneites Feuerwerk« einzulassen. Die Begegnung soll so unmittelbar wie möglich ausfallen. Weitere Auskünfte und Hinweise gibt dann das Nachwort.

Im Zusammenhang mit dieser Arbeit danke ich drei guten Geistern: Peter von Matt, Klaus Reichert und Michael Krüger.

A. B.

# JEDER CHARAKTER IST EIN IRRTUM

Aphorismen, Meinungen, Behauptungen

Die Linie des Schönen ist haarscharf und kann *nur* um 1000 Meilen überschritten werden. Das Geringste ist alles. [19]

»Er übertrifft sich selbst!« Was freilich in den meisten Fällen sehr leicht ist. [21]

Die Unbehaglichkeit des Menschen während geistiger Revolutionen ist, wie die Kränklichkeit seines Körpers beim Wachsen. Zunehmen, wie Abnehmen, ist Tod (des Bestehenden). [55]

Ich kann mir keinen Gott denken, der spricht. [66]

Religion ist die höchste Eitelkeit. [79]

Das Komische ist die beständige Negation der Natur. [99]

Die Gefahr versteinert Hasen und erzeugt Löwen. [100]

Götter zu entzücken, mag gelingen,
Schweine wirst du nicht zum Weinen bringen. [128]

Schwerer, als dankbar zu sein, ist es, die Ansprüche auf Dank nicht zu übertreiben. [222]

Der Humor ist die einzige absolute Geburt des Lebens. [329]

Des Menschen Glück ist nicht an seine *Kraft*, sondern an seine *Laune* geknüpft. [331]

Es hat sein Angenehmes, dass man nicht aus der Welt heraus kann. [332]

Uns freut selten so sehr das einer Natur Gemäße, als das ihr nicht Gemäße. Dass Quecksilber flüchtig ist, finden wir zu alltäglich, aber wenn Eisen zu tanzen anfinge, würden wir klatschen. [379]

In die Hölle des Lebens kommt nur der hohe Adel der Menschheit; die andern stehen davor und *wärmen* sich. [498]

Ein Philosoph ist, wie ein toller Hund, der nicht links, noch rechts sieht und nur nach dem schnappt, was ihm *gerade* entgegenkommt. [723]

Große Menschen sind Inhalts-Verzeichnisse der Menschheit. [733]

Für meinen Nächsten würde oft dabei wenig herauskommen, wenn ich ihn liebte, wie mich selbst. [742]

Wer die Menschen kennenlernen will, der studiere ihre Entschuldigungsgründe. [787]

Das Anscheinend-Gute beziehen wir immer auf überirdische Zustände; warum nicht auch das Anscheinend-Böse? [806]

Die Welt hat sogar Mitleid mit den Märtyrern des Schlechten. [945]

Zur Wahrheit wollte ich schon kommen, hätte ich nur Zeit, zu irren. [952]

Das Spiel enträtselt nicht den Zufall, aber wohl einen Mitspieler dem andern. [987]

Diejenigen Menschen, die sich auf demselben Wege befinden, aber in verschiedenen Stadien, sind am weitesten auseinander. [1001]

Aller Irrtum ist maskierte Wahrheit. [1020]

Unschuld ist erwachende Sinnlichkeit, die sich selbst nicht versteht. [1091]

Eigensinn ist das wohlfeilste Surrogat für Charakter. [1074]

Es gibt Menschen, die nur das anbeten, was sie vernichten können. [1082]

Am Ende existiert der Mensch nur durch seine Bedürfnisse. [1103]

Oft ist es, als ob im Menschen ein hohes geistiges Bedürfnis erwachte, indem er ein körperliches befriedigt. Gewiss ist die Sinnlichkeit die Klaviatur des Geistes. [1110}

Es ist am Ende an der Religion das Beste, dass sie Ketzer hervorruft. [1167]

Die Philosophie ist eine höhere Pathologie. [1170]

Bis an seinen Tod kann jeder ohne Speis und Trank leben; man nennt das aber verhungern. [1194]

Die Masse macht keine Fortschritte. [1206]

Wer die Schlange sieht, der sieht das Paradies nicht mehr. [1214]

Sitzen bleiben schützt allerdings gegen die Gefahr, zu fallen. [1230]

Die tugendhaften Leute bringen die Tugend herunter. [1302]

Dass die Schmerzen miteinander abwechseln, macht das Leben erträglich. [1314]

Ich glaube, eine Weltordnung, die der Mensch begriffe, würde ihm unerträglicher sein, als diese, die er nicht begreift. Das Geheimnis ist seine eigentliche Lebensquelle, mit seinen Augen will er etwas sehen, aber nicht alles; sieht er alles, so meint er, er sieht nichts. [1339]

Es gibt einen Zustand, worin man des Wahnsinns nicht mehr fähig ist. – Nur das Elend ist liebenswürdig. [1359 Anm.]

Der Mensch ist ein Blinder, der vom Sehen träumt. [1421]

Künstlerische Tätigkeit: höchster Genuss, weil zugleich Gegenteil von Genuss. [1432]

Es gibt Persönlichkeiten, deren Ich mehr ihrer Ansprüche befriedigt, denen es mehr bietet, als die ganze übrige Welt. [1461]

Wie andere ihn betrachten und wofür sie ihn halten: das ist die Atmosphäre, worin der Mensch lebt und der beste kann in der schlechtesten ersticken. [1505]

Der Glaube ist der beste, bei welchem der Mensch am meisten gewinnt und Gott am meisten verliert. [1508c]

Nur, weil die Sonne keinem gehört, gehört sie allen. [1531]

Man muss nicht vom Maler verlangen, dass er neue Farben erfinden soll. [1581]

Das Göttliche lehnt sich gegen Gott auf, weil es seinesgleichen ist. [1698]

Das Leben ist vielleicht auch nur ein höchster Begriff, wie Raum und Zeit; es ist die Kategorie der *Möglichkeit.* [1759]

Der letzte Zustand ist immer eine Satire auf die vorhergehenden. [1800]

Lieben heißt, in dem anderen sich selbst erobern. [1876]

Der Mensch dachte sich sein eignes Gegenteil; da hatte er seinen Gott. [1883]

Das Leben ist eine Plünderung des inneren Menschen. [1920]

Es müsste eigentlich im Leben nichts Besitz sein, nicht einmal das eigene Selbst müsste einem angerechnet werden; es müsste so sein, als ob man in jeder Minute zugleich geboren würde und stürbe. Immer neu; das wär Leben, jetzt zehrt ein Tag vom andern und am andern. [1929]

Genie ist Intelligenz der Begeisterung. [1952]

Der förmliche Abschluss der ehelichen Verbindung ist entweder überflüssig oder frevelhaft. [1967]

Das Weib im Mann zieht ihn zum Weibe; der Mann im Weibe trotzt dem Mann. [1981]

»Der Wolf und das Lamm, wer ist besser?« Der Wolf fraß das Lamm und sprach: nun bin ich Wolf und Lamm zugleich! [1983]

Das Leben ist ein ewiges Werden. Sich für geworden halten, heißt sich töten. [2005]

Auch mit Taten kann man sich *schminken*. Wenn der wahre Mensch manches Einzelne durch die Totalität seines Lebens und Wesens zu entschuldigen glaubt, so wähnt der falsche umgekehrt, durch ein löbliches Einzelnes die Schlechtigkeit des Ganzen zu rechtfertigen. [2009]

Es gibt kein Perpetuum mobile, aber auch nicht sein Gegenteil. Wir sehen überhaupt nur *Mittel*dinge. [2018]

Es ist der fürchterlichste Zustand, wenn einem der Tod natürlich und das Leben ein Wunder erscheint. [2041]

Der Mensch muss sich anderen klarmachen, um sich selbst klarzuwerden. [2118]

Die Lüge ist viel teurer, als die Wahrheit. Sie kostet den ganzen Menschen. [2126]

In manchem ist die angeborne Schlechtigkeit so groß, dass er – gar nichts Schlechtes zu tun braucht, um zur Selbst-Empfindung zu kommen. Ein solcher bemüht sich oft ums Gute, wie der Gute ums Schlechte. [2139]

Bewunderung ist *aktiver* Schlaf, Zerrinnen des Ichs in der Anspannung, wie beim Schlaf in der Abspannung. [2150]

Die Kraft des Willens ist eine unendliche, sie geht so weit, dass sie sich selbst in Untätigkeit versetzen und den Schlaf erzwingen kann. Das Absurde kann man nicht *wollen*. [2151]

Als Gott wegen einer Masse Menschen, die aus sich selbst nichts machen können, in Verlegenheit war, da schuf er das Glück. [2171]

Nicht bloß den Kunstformen, auch den Lebensformen, liegt in gewissem Sinn etwas Unwahres zu Grunde, indem in keiner Einzigen das Wollen des Menschen ganz rein aufgeht. [2172]

Auf Selbstgenuss ist die Natur gerichtet, und alle ihre Geschöpfe sind Zeugen, womit sie sich selbst schmeckt. [2173]

»Ich bleibe mir selbst getreu!« Das ist gerade dein Unglück; werde dir selbst doch einmal untreu. [2195]

Der Dualismus geht durch alle unsre Anschauungen und Gedanken, durch jedes einzelne Moment unseres Seins hindurch und er selbst ist unsre höchste, letzte Idee. Wir haben ganz und gar außer ihm keine Grund-Idee. Leben und Tod, Krankheit und Gesundheit, Zeit und Ewigkeit, wie eins sich gegen das andere abschattet, können wir uns denken und vorstellen, aber nicht das, was als Gemeinsames, Lösendes und Versöhnendes hinter diesen gespaltenen Zweiheiten liegt. [2197]

Die kranken Zustände sind übrigens dem Wahren (Dauernd-Ewigen) näher, wie die sog. gesunden. [2198]

Wir leben in den Zeiten des Weltgerichts, aber des stummen, wo die Dinge von selbst zusammenbrechen. [2271]

Vorsehung, die leitende, Zufall die kreuzende Macht. [2272]

Welt: immer neue Gedärme, durch die das Alte geht. [2280]

Der Tod ist der beste Bleicher, die Scham der beste Maler. [2284]

Die Schönheit des Lebens ward der Seele zur Nacheiferung vorgestellt. [2303]

Es gibt auch Spiegel, in denen man sehen kann, was einem fehlt. [2354]

Der Jugend wird oft der Vorwurf gemacht, sie glaube immer, dass die Welt mit ihr erst anfinge. Wahr. Aber das Alter glaubt noch öfterer, dass mit ihm die Welt aufhöre. Was ist schlimmer? [2435]

Der Mensch ist ein Ding zwischen zwei Lippen, die sich berühren wollen und nicht können. [2458]

Die Sonne hat ihre Flecken. Aber sie geben keinen Schatten. [2462]

Das Leben ist ein Traum, der sich selbst bezweifelt. [2490]

Mit Blitzen kann man die Welt erleuchten, aber keinen Ofen heizen. [2492]

Wir erbärmlichen Wesen sind dazu bestimmt, wie Pendeln immer zwischen den äußersten Polen hin und her zu schwanken und den Schwerpunkt nie zu finden, oder ihn doch beständig nach der einen oder der anderen Seite hin zu überhüpfen. [2526]

Viele glauben nichts, aber sie fürchten alles. [2614]

Wessen Augen die furchtbare Kraft haben, dass sie bis ins Innerste der Erde dringen und die verwesenden Leichname sehen können, der sieht die Blumen, die den Grund bedecken, nicht mehr. [2656]

Den Schmerz opfern; höchstes Opfer. [2662]

Der Wahnsinn, die Möglichkeit des aufgehobenen Bewusstseins, ist vielleicht der schärfste Grund gegen die persönliche Fortdauer. Vielleicht tritt der Zustand, in den der Wahnsinnige vor der Zeit hineingerät, für uns alle nach dem Tode ein. [2681]

Eben weil er fliegen kann, kann der Adler nicht gehen. [2631]

Ein Toter wirkt auf den, der ihn sieht, wie der Tod selbst; man glaubt, er könnte die Wimper heben und dann müsste der Pfeil herausfahren; man sieht hinter seinen geschlossenen Augen den Tod mit gespanntem Bogen. [2649]

Man sagte dem Wolf so oft, er habe nichts vom Lamm, dass er sich zuletzt entschloss, das Lamm aufzufressen, um alles vom Lamm zu haben. [2696]

Die Menschen haben viele absonderliche Tugenden erfunden, aber die absonderlichste von allen ist die Bescheidenheit. Das Nichts glaubt dadurch etwas zu werden, dass es bekennt: ich bin nichts! [2764]

In Bezug auf unsere höchsten Bedürfnisse sind wir gewiss wie die Kinder. Wir verlangen, und wissen nicht warum. [2771]

Zu irgendeiner Zeit. Tragödie der Zukunft. [2925]

Man sollte zu anderen nie über das Verhältnis, das man zu ihnen hat, sprechen. [2979]

Einseitigkeit ist mir ein Dorn,
Wer wird sich darin begraben?
Man soll nicht hinten und nicht vorn,
Man soll die Nase allenthalben haben,
Und dann, damit es jeder weiß,
Da, wo sie sitzt, zugleich den Steiß! [2987]

In Deutschland, wenn man auch nichts an den Leuten *gehabt* hat, hat man, sowie sie sterben, doch immer etwas an ihnen *verloren.* [3021]

Das Weib wohnt im Moment, der Mann ragt immer mit Kopf und Füßen darüber hinaus und wird bei dem Frost in den Extremitäten auch im Herzen nicht recht warm. [3022]

*Jeder* Tote ist ein *Vampir*, die ungeliebten ausgenommen. [3023]

Dass der Mensch nirgends einen Brennpunkt hat, worin sein ganzes Ich, zusammengefasst, auf einmal hervortritt! Es macht in manchen Stunden auf mich einen ganz eigenen Eindruck, dass man sich ihn immer erst aus Kopf und Rumpf, aus Armen und Beinen zusammensetzen und zusammensuchen muss, ja, dass er sogar *zwei* Augen hat, nicht ein einziges, aus dem die Seele blickt. [3026]

»Die Welt ist Gottes Sündenfall.« [3031]

In der Kirche weiß jeder die Zehn Gebote, aber auf der Straße weiß er immer nur neun, dasjenige, an das er sich gerade erinnern sollte, ist vergessen. Wer stiehlt, weiß recht gut, dass er nicht töten soll, auch beschwichtigt er sein Gewissen wohl selbst damit, dass er es nicht tut. [3032]

Logisch nennen es die Leute, wenn das Gedankenkind den Uterus hinter sich herschleppt. [3038]

Die Weltuhr von hinten betrachten und das Rollen und Schnurren der Räder anhören, ohne je nach dem Zifferblatt zu fragen. [3055]

Man kann sich selbst kein Rätsel aufgeben. [3060]

Wenn man Mirabeau und Robespierre mit Perücken abgebildet sieht, so muss man sich doch wundern, dass sie die Revolution nicht bei ihrem eigenen Kopf anfingen. [3078]

Die Liebe der meisten: *warmer* Egoismus. [3098]

Die Menschheit, oder der Mensch, ist, wie die edle Melusine nur passabel bis zum Nabel – dann folgt das Ungeheuer. [3111]

Der wahre und tiefe Humor spielt so mit der Unzulänglichkeit der höchsten menschlichen Dinge, wie der falsche mit der einzelner, herausgerissener Individuen. [3151]

Das Geistreiche besteht darin, dass die Leute im Zickzack von einem Gegenstand zum andern hüpfen und das Netz, das ihre Schritte beschreiben, als das Resultat der Wanderung aufzeigen. [3196]

Es gibt Leute, die sich über den Weltuntergang trösten würden, wenn sie ihn nur vorhergesagt hätten. [3292]

Es ist recht übel, dass, während man das eine sagt, man nicht auch zugleich das andre sagen kann. Menschen mit einer Anzahl von Munden, wie jetzt mit Poren, würden doch noch immer nicht imstande sein, alle Seiten der kleinsten Sache so weit zu berücksichtigen, dass keiner einzigen Unrecht geschähe. [3305]

Die Kunst ist eine zusammengepresste Natur und die Natur eine auseinandergelaufene Kunst. [3406]

Weil Gott die Welt aus nichts gemacht hat, steht das Nichts darin auch immer obenan. [3410]

In der Sprache, die man am schlechtesten spricht, kann man am wenigsten lügen. [3415]

Das Leben ist ein beschneites Feuerwerk. [3423]

Zahlen müssen und nicht einmal Quittung verlangen dürfen. [3440]

Ich möchte mich nie an Menschen rächen, die mir Übels tun, aber an Gott, der solche Menschen geschaffen hat. Buchstäblich wahr. [3442]

Heiraten sollen ohne zu lieben: Dummheiten auf vernünftige Weise begehen sollen! [3482]

Fortuna: die Blinde unter den Blinden. [3540]

Was man zum letzten Mal sieht, das sieht man wieder, als sähe man's zum ersten Mal. [3545]

Der unglücklichste Mensch: der nie Verlangen einflößt. [3547]

Der Kot ist fast so allgegenwärtig, wie Gott. [3590]

Dass ihr euch selbst nicht erkennt, das scheint euch so sehr zu bekümmern;
Menschen, ihr lebt nur dadurch, dass ihr nicht wisst, was ihr seid! [3608]

Es ist die Frage, ob Eva durch das Feigenblatt gewonnen oder verloren hat. [3624]

Die Entfernung verkleinert alles Physische und vergrößert alles Moralische. [3625]

Wie klein, wie armselig ist eine Milbe. Aber die Rotte bewegt den ganzen Käse. [3626]

Die Natur hat mit dem Menschen in die Lotterie gesetzt und wird ihren Einsatz verlieren. [3627]

Der Mensch ist Frost in Gott. [3696]

Man nennt das irdische Leben die Vorschule des Himmels. Es ist merkwürdig, dass sie so gute Teufel zieht. [3710]

*Gott zu den Träumenden:* Was sich hasste, soll sich lieben! Jetzt ruhen sie Brust an Brust, damit sie morgen wieder die Kraft haben, sich zu bekämpfen. [3716]

Sich große Menschen, die es in allem waren, denken, heißt sich selbst auf noble Weise töten; es ist die subtilste Art des Selbstmords. [3750]

Wie gütig ist Gott! Er schuf Menschen, damit ich mich ernähren kann! sagte ein Bandwurm. [3764]

Die Vernunft des Irrenhauses ist, dass die Menschen darin verrückt sind. [3827]

Schönheit: das Genie der Materie. [4035]

Der Mensch denkt sich leichter einen Gott, als sich selbst. [4048]

Das Tunkönnen ist oft die Strafe für das Tunwollen. [4057]

Es ist unglaublich, wie viel Geist in der Welt aufgeboten wird, um Dummheiten zu beweisen. [4070]

Die Freude verallgemeinert, der Schmerz individualisiert den Menschen. [4083]

Was ist die physische Macht gegen eine geistige. Statt nichts zu sehen, alles verkehrt zu sehen! [4090]

»Es ist doch offenbar eine Schranke in Gott, dass er nie ein Lump werden kann!« Komischer Charakter [4155]

Jeder Tote nimmt das aus uns mit, was ihm allein gehörte, der Vater z. B. alles das, was Sohn im Menschen ist. [4182]

»Ich habe dich gewonnen, womit muss ich's bezahlen?
Mit der Angst, dass ich dich nun verlieren kann.«

[4280]

Der Mensch kann die Natur nicht erreichen, nur übertreffen; er ist entweder über ihr oder unter ihr. [4404]

Ein Wurm wird noch während des Weltuntergangs schmarotzen. [4408]

Die Kunst ist nur eine höhere Art von Tod; sie hat mit dem Tod, der auch alles Mangelhafte, der Idee gegenüber, durch sich selbst vernichtet, dasselbe Geschäft.

[4421]

Es ist nicht die geringste Tat der Menschen-Spitzen, dass sie die Basis begreifen. [4432]

Sogar der Wind bestellt zuweilen einen Brief. [4446]

Der Mensch ist eine vollständige Menagerie. [4451]

Kämpfen ohne Hass. [4462]

Zwei Freunde sollen nicht, wie zwei Dreiecke, einander decken. [4564]

Man setzt sich nicht zum Klavierspielen nieder, um die mathematischen Gesetze zu beweisen. Ebenso wenig dichtet man, um etwas darzutun. Ach, wenn die Leute das einmal begreifen lernten! Es ist ja an aller höheren Tätigkeit des Menschen gerade das das Schöne, dass Zwecke, an die das Subjekt gar nicht denkt, dadurch erreicht werden. [4576]

Schlag einem nur auf den Kopf, gleich hört er zu singen auf. [4593]

Der Mensch ist ein Aeolus-Schlauch mit den in alle Richtungen auseinandergehenden Winden. [4625]

Jedes Schloss an der Tür ist ein Pasquill auf Gott. [4629]

Das Sein ist eine aus lauter Knoten bestehende Linie. [4640]

Am Regenbogen muss man nicht Wäsche aufhängen wollen. [4641]

Zu wissen, dass er dumm ist, das ist des Dummen höchste Klugheit. [4671]

Wer nicht Metall genug zu einer Glocke hat, der macht einen Fingerhut und hängt ihn in der Kirche der Liliputaner als Glocke auf. [4679]

Erst die letzte Linie eines Bildes rezensiert die erste. [4695]

Jedes Wort ist, wie eine Farbe, so auch ein Maß. [4713]

Jeder Charakter ist ein Irrtum. [4717]

»Eine Kanone erfinden, groß genug, die Erde hineinzuladen und sie Gott ins Gesicht zu schießen.« [4723]

Ein ordentlicher Konservativer darf sich nicht einmal *waschen*. [4772]

| | | | | |
|---|---|---|---|---|
| 1ste | Stufe | künstlerischer | Wirkung: | es kann so sein! |
| 2te | " | " | " | es ist! |
| 3te | " | " | " | es muss so sein! |

[4791]

Es ist noch nie ein Scharfrichter dadurch berühmt geworden, dass er einem Helden den Kopf abschlug.

[4810]

Prahle nicht mit deinen Verwandten. Der Steiß könnte sich sonst auch aufs Gesicht berufen. [4829]

Wecke den Irrenden sanft und lass ihn schelten und um sich hauen. Erst wenn der Mensch erwacht, räumt er dir ein, dass er geschlafen hat. [4831]

Auch das Weltgericht hat Pausen. [4848]

Im sittlichen Staat ist der Empörungsversuch immer zugleich auch ein Selbstmord-Versuch, denn da das Individuum nur durch den Staat existiert, so würde es sich in ihm vernichten. [4882]

Der Schlaf ist die Nabelschnur, durch die das Individuum mit dem Weltall zusammenhängt. [4889]

Jeder Unsterbliche ist ein unverdauter Stein im Magen der Menschheit. [4899]

Es gibt Leute, die sich selbst waschen, wenn sie sehen, dass andere schmutzig sind. [4947]

Wer sich verbeugt, der macht eine Bewegung, als ob er stoßen wolle; verhüllte Opposition. [4962]

In dem Sinn, worin die Verbeugung ein verhüllter Stoß ist, ist der Kuss auch ein verhüllter Biss. [4964]

Die sogenannte Freiheit des Menschen läuft darauf hinaus, dass er seine Abhängigkeit von den allgemeinen Gesetzen nicht kennt. [4969]

Je winziger ein Individuum ist, je stolzer ist es darauf, ein Mensch zu sein, und umgekehrt. Beides mit Recht und mit Grund. [4992]

Familienbild im größten Stil: Adam und alle seine Nachkommen! [5106]

Sich begreiflich machen wollen, dass und warum man geliebt werden kann: unlösbarstes aller Rätsel. [5115]

»Es sind immer so viel Bäume auf der Erde vorhanden, als Menschen; jeder hat seinen Galgen.« [5247]

Der Mensch wird durch künstlich gemachten Ruhm so wenig groß, als er durch ein Fass Butter, das man ihm auf den Rücken bindet, fett wird. [5347]

Mit Menschen, denen alles Trumpf ist, kann man nicht Karten spielen. [5376]

Nichts ist so unwiderleglich, als ein Gegenstand. [5379]

Dem Dichter phosphoreszieren alle Dinge, dem Fieberkranken brennen sie, dem Wahnsinnigen lösen sie sich in Rauch auf. [5395]

Vertrauen ist die größte Selbst-Aufopferung. [5400]

Ob wohl je der feurigste Liebhaber sich den Kuss noch nehmen würde, wenn die Geliebte: Wart! sagte und sich die Nase schneuzte? Dennoch widerfährt dies dem Künstler bei seinen Mitteilungen Tag für Tag. [5481]

Die deutsche Nation verteilt ihre Lorbeeren, wie Ophelia ihre Blumen. [5502]

Die meisten Menschen täuschen sich über sich und andere, weil sie die Vernunft für die schaffende und leitende Macht halten, da sie doch nur die erhaltende und korrigierende ist. [5515]

Der erste Mensch war schon darum der beste, weil er der einzige war, denn gegen Berg und Tal lässt sich nicht sündigen. [5553]

Die Liebe ist ein Gut, was allen anderen den Schein abstreift. [5570]

Besser, unter der kahlsten Rebe geboren werden, als im Weinfass. [5602]

Am Grabe hängt man wohl Kränze auf, aber keine Orden; Schatten werden gekrönt, aber nicht dekoriert. [5674]

Die Natur verlegt das Schöne nicht in die Zwecke, die sie sich setzt, sondern in die Mittel, wodurch sie diese Zwecke zu erreichen sucht. [5676]

Orakelsprüche sind keine Paragraphen. [5682]

Der Jüngling fordert vom Tag, dass er etwas bringt, der Mann ist zufrieden, wenn er nur nichts nimmt. [5687]

Das Kind vieler Väter wäre ein größeres Wunder, als das Kind ohne Vater. Im Geistigen, wie im Physischen. [5812]

Wenn ein gemeiner Mensch mit dir bricht, so hat er gleich nachher so viele neue Freunde, als du Feinde hast. [5821]

Das Glück ist die Ausnahme von Regel und Gesetz und widerlegt darum keine und keins. [5903]

Von einem Schweigsamen: Er denkt nur mit dem Hinterkopf, der keinen Mund hat. [5908]

Wer leugnet den Egoismus? Worauf sollen die Radien eines Kreises zurückführen, als auf den Mittelpunkt, der sie bindet, worauf sollen die Bestrebungen eines

Individuums, das nur durch den Selbstzweck ein solches ist, abzielen, als auf den Selbstgenuss? Da aber der dauernde Selbstgenuss unwandelbar an die Selbst-Entwicklung und Selbst-Vervollkommnung geknüpft ist und auf jedem anderen Wege in Selbst-Zerstörung umschlägt, so führt dieser Egoismus eben auf die sittliche Grundwurzel der Welt zurück und es stellt sich als Letztes heraus, das man der Welt nur insoweit dient, als man sich selbst liebt. [5921]

Das Steigen hat seine Grenze, aber nicht das Fallen. [6049]

Der Mensch will brutto geliebt werden, nicht netto. [6238]

Das Schöne entsteht, sobald die Phantasie Verstand bekommt. [6301]

Als Alarich Rom einnahm, saß der Kaiser, von Eunuchen umringt, in Ravenna und verwechselte den Verlust Roms mit dem Tode seines Lieblings-Huhns, dem er den Namen Rom beigelegt hatte.
(Gregorovius, Geschichte der Stadt Rom) [6322]

Es stählt in gewissem Sinne den Charakter mehr, jemand totzuschlagen, als ihm die Hühner-Augen zu schneiden. [6329]

# EIN FETTER BETTLER

## Kuriosa, Grotesken, Beobachtungen

––– und ich sah eine dunkle Gestalt aus der Tiefe steigen und sich auf einen Thron setzen. Und alle Toten zitterten sehr, nur diejenigen nicht, die schwarz oder blutrot gezeichnet waren, denn das war die Farbe, die die Gestalt selber trug. Und es erschien der gekreuzigte Christus, noch einmal wie ein Übeltäter, und jetzt vor dem Teufel als Richter. »Hochverräter an mir und der Menschheit«! [5]

Der Name ist heutzutage so nur das Einzige, welches die Menschen am Teufel nicht mögen. [6]

Die Seelenwanderung – ein Dieb könnte ehemals Herr der Sachen gewesen sein, die er jetzt stiehlt. [33]

Als ich heute morgen hörte, dass der Kronprinz von Preußen von der Stadt Hamburg mit Kanonenschüssen empfangen würde, lag mir doch wirklich die Frage nah: haben sie denn auf ihn geschossen? [44]

Weil ich sie einmal erinnere, will ich sie auch einmal niederschreiben, eine hübsche Geschichte nämlich. Jenes Mädchen, das ich schreien hörte, das ich aus den aufgedrungenen Umarmungen eines Mannes errettete, das mir nachher selbst um den Hals fiel, und mir sagte, es ist ja nicht um das bisschen Arbeit, sondern um mein Kleid, welches so schmutzig wird. Ich glaubte, eine Unschuld zu retten und rettete – einen Unterrock. [58]

»Sie ist die *erste Tugend* am Theater«, sagte ein Hamburger Logensteher über eine sittsame Schauspielerin. [59]

Augen, die für nichts und wieder nichts glühen. [88]

Humor ist Erkenntnis der Anomalien. [118]

Zwei Schädel, einander vermöge des bloßen Gesetzes physischer Schwere, einander entgegenrollend und zusammenstoßend, haben etwas Grauenhaft-Entsetzliches. [129]

Das aus dem Wagen eines Schlachters gehobene schlafende Kalb. [154]

Oft sieht man in Heidelberg gravitätisch Pferde aus den Häusern schreiten, was prächtig aussieht. [179]

Merkwürdiges Leben des Abends in der Hauptstraße: die erleuchteten Häuser, die Massen Spaziergänger draußen und drüber, als ob er dazugehörte, dunkelblau der Himmel. [182]

Schneidler bemerkte sehr richtig: mag Selbstmord Feigheit sein: Viele kommen vor Feigheit nicht einmal zu dieser Feigheit. [187]

Ein junger Kadett steigt, um einem bärtigen Soldaten eine Ohrfeige zu geben, auf einen Stuhl. [288]

In Mannheim ein Pastor mit zwei Frauen. Die eine war wahnsinnig und wurde geheilt. [347]

Der Teufel hat öfterer recht, als man ihm und sich zugibt. [462]

*Stück aus einer Predigt, welche zu München von den Haaren Mariä gehalten worden*

Zu Konstantinopel war ein Janitschar von so dicken Haaren, dass keine Kugel ihm zu schaden vermogte. Ein solches Janitscharen-Haar ist das Haar unsrer lieben Frau. So komm denn, lieber Christ, wenn du schussfrei sein willst, hieher in unsrer lieben Frauen Haarkapelle. Verbirg dich hinter die wunderkräftigen Haare der Mutter Gottes, und die Kugeln deiner Feinde werden dir nicht schaden. Als hing ein Wollsack über dich, wirst mitten im Kugelregen stehen, wenn du ein Diener der Haare Mariä bist, denn Mariens Haare schützen ihre Janitscharen. [608]

In *Nördlingen* (berichtet die bairische Landbötin) brachte eine Bürgersfrau statt eines Kindes eine Missgeburt in Gestalt einer großen Weintraube zur Welt, mit Stiel und Blättern versehen. [619]

Heute sah ich Knaben spielen. »Ich – sagte der eine – bin Gendarm und du, und du, und ihr Übrigen seid Lumpe!« [643]

Dass ein Bösewicht nie bei kleinen Verbrechen stehenbleibt, sondern immer zu größeren vorschreitet – spricht dies *gegen* den Bösewicht? [665]

Ein Blinder bei Sonnen-Aufgang. [751]

Leichname, welche die Zähne zeigen. [759]

Kann Gott lieben? [844]

– was andere Menschen Stil nennen, ist bei mir *Seele*, oder *Urteils-* und *Verdauungskraft.*
(Hamann, Brief an Herder, 8. Oktober 1777) [944]

Ob es wohl 6000jährige Irrtümer gibt, ich meine solche, zu denen alle, auch die größten, Geister Gevatter gestanden haben? Von der Antwort auf diese Frage könnte das Schicksal der Welt abhängen. [1021]

Ich sah soeben von meinem Fenster aus der Abfahrt einer Leiche auf den Gottes-Acker zu. Der Priester sprach trocken seine Gebete, die Nachbarsleute standen trocken umher, Kinder unterbrachen für einen Augenblick ihr Spiel, ein Holzhacker, der auf der Straße seine Hantierung trieb, machte eine Pause. Aber kein Auge, das weinte, kein Gesicht, das die geringste Bekümmernis ausdrückte; wenn der Postwagen abfährt, sieht man mehr Gefühl. Das erschütterte mich schmerzlich; ich konnte nicht umhin, zu denken: welch ein *Leben* mag der arme Tote geführt haben.
[1050]

Mein kleines Hündchen erschreckte heute ein kleines Kind; das Schreien des kleinen Kindes erschreckte wieder mein Hündchen. [1067]

Jenes kleine Kind aufm Schiff, welches Sauflieder sang. [1151]

Erhitzt vor einem Glas kühlen Wassers zu sitzen und der Gedanke: jetzt könntest du den Tod trinken! [1155]

Die Alten kannten nur Tag und Nacht; wir kennen nur Dämmerung. Die romantische Liebe zwischen zwei Personen verschiedenen Geschlechts, die zur Verkörperung des Ideals, aber nicht zur Erzeugung eines Kindes führt, spukt in all unsern Verhältnissen. Der Schattenriss gilt uns mehr als die Sache, und wenn wir nur ahnen, so kümmern wir uns wenig um das Wissen. [1164]

Ein *fetter* Bettler. [1224]

An der *Geburt* sterben. [1280]

Die Instrumente sollten der Komposition wegen vorhanden sein. Aber oft werden die Kompositionen bloß der Instrumente wegen (der Virtuos ist selbst ein solches) gemacht. Da gibt es denn Töne, die mit Hunden gehetzt werden. [1286]

Nie noch habe ich das Tötende der Langeweile so empfunden, wie jetzt. Es ist wohl wahr: wir Menschen gehören zusammen, und je mehr wir sind, je weniger taugen wir in die Einsamkeit. In der Wüste würde der größte Atheist ein Heiliger, bloß um Gesellschaft zu haben. Der Tod zehrt eigentlich nie am Menschen, er nascht nur an ihm; jetzt kommt's mir vor, als ob er an mir käue, wie an einer Bittermandel. [1317]

Es ist übrigens von der höchsten Wichtigkeit, alles, was im Lauf der Zeit allgemeiner Glaube, unumstößlich scheinende Satzung geworden ist, auf das persönliche, individuelle Bedürfnis zurückzuführen; nur dadurch gelangt man zu einiger Freiheit der Erkenntnis. Man macht auf diesem Wege die merkwürdigsten Entdeckungen, z.B. dass Gottes Mantel aus dem Schlafrock des Menschen und aus dem Gespenster-Anzug seines Gewissens zusammengestückt ist. [1335]

»Macht eine neue Erfindung – ruft Rahel aus – die alten sind verbraucht!« Ich fürchte nur, wir stehen an der Grenze unseres Witzes und sind alle für den Himmel reif, was NB der schlechteste Zustand auf Erden ist. Unser Leben ist zu innerlich geworden; es kann ohne ein Wunder nicht wieder äußerlich werden. Dies stete Bespiegeln und Auskundschaften unsrer selbst: wohin führt es? Nicht einmal zum Irrtum, höchstens zu einer verzweiflungsvollen Ahnung unsrer eignen schauerlichen Unendlichkeit, zu einem Punkt, wo uns das eigne Ich als das furchtbarste Gespenst gegenübertritt. Freilich ist hier *Hunger und Sättigung eins*, denn wir können keine neue Frage tun, ohne zuvor eine neue Anschauung gewonnen zu haben; aber es heißt doch, die Wahrheit durch die Tortur auspressen und mit dem Saft des Lebens den Baum der Erkenntnis düngen. Es ist etwas ganz, ganz andres, ob die Welt, der Zufall, das Schicksal, dem Menschen die Fragen vorlegt, oder ob er sich selbst fragt. *Man kann sich selbst fremd werden*, das ist der umgekehrte Wahnsinn und der letzte, d.h. tiefste Abgrund, in den man stürzen kann. [1359]

Ich habe mir einmal, als ein alter Nachbar und Mitbewohner unsers Hauses mich zwischen seinen Knien hielt, im größten Ernst dessen rote Nase gewünscht. [1369]

Einem Einbein stiehlt der Wirt, bei dem er übernachtet, das hölzerne Bein und kocht ihm eine Suppe dabei. [1430]

Ein Vater, der seinen jungen Sohn mit ins Wirtshaus nimmt, damit dieser ihm ein gutes Beispiel gebe. [1449]

Der Neid trifft immer nur das Haben, nie das Sein. Man beneidet niemanden in seiner Totalität, nur in seinen einzelnen Eigenschaften, die man sich, seltsam genug, nicht als Ingredienzien, sondern als Besitztümer seines Wesens denkt. Man beneidet keinen, weil er gut ist, oder fromm, oder ein Kind, ein Mann, eine Frau; wohl aber, weil er dichten, malen oder dies bleibenlassen kann. [1454]

Ein Dienstmädchen, welches unter einem Regenschirm einen Regenschirm trägt. [1463]

Ein Advokat, der eine Frau nimmt, weil sie einen fetten Prozess hat. [1469]

Nur das *Geendete* ist unendlich. Ein unsinnig scheinender Gedanke, der mir dennoch in diesem Augenblick sehr klar ist. [1470]

Ein feuriger Prinz neben einem verdorrten Kronprinzen. [1485]

Ein Kind, das seine Mutter bittet, mit Weinen aufzuhören. [1511]

Das wäre prächtig, wenn der Kirschbaum die Kirschen selbst essen könnte. [1569]

Ein Mensch hat Krämpfe; ein anderer gibt ihm eine Ohrfeige, weil er glaubt, jener schneide ihm Grimassen. [1601]

Pistole, die um die Ecke schießt. [1602]

Einer, der einmal etwas prophezeit, welches eintrifft, und der nun glaubt, er sei der Mund des Schicksals. [1645]

»Ich wünsche dir so viele Freuden, als du Tränen vergießest.« Schöner Wunsch, der mich zwingt, mit Weinen gar nicht aufzuhören. [1660]

Feuer essen, um sich zu erwärmen. [1661]

Ein Mädchen vorm Spiegel ist die Frucht, die sich selber isst. [1663]

Der Wahnsinnige, der ausruft, als er Schafe sieht: ich gehe unter die Schafe! [1682]

Ein Mensch, der so hässlich ist, dass jede Grimasse, die er zieht, ihn schöner macht. [1709]

Schlaf ist ein Hineinkriechen des Menschen in sich selbst. [1753]

Der Tränenklub, wo man zusammenkommt, und sich traurige Geschichten erzählt, um zu weinen. [1798]

Abschied von einem nehmen, den man nicht kennt. Humoristisch. [1877]

Dass man dir ihn abschlagen kann, dazu hast du den Kopf. [1889]

*Komisches Bild*

Ein Bürger, der nach dem Vogel schießt. Die Flinte ist geladen; hinter ihm steht sein Sohn und seine Frau. Jener hält ihm die Ohren zu, damit er den Knall nicht höre; diese hat die Arme ausgebreitet, um ihn, wenn er zurückfallen sollte, zu empfangen. In der Ferne die Magd mit Essenzen, welche Ohnmachten vertreiben. [1895]

An die Bibel glauben, wie an die Algebra, von der man nichts versteht, und die man doch nicht bestreitet. [1970]

Ein Mensch, der in einen hineinregnet. [2038]

Ein Soldat, der vor seinem Feind, einem Vorgesetzten, erst das Gewehr präsentiert und ihn dann damit erschießt. [2050]

Ein Jupiter, der vorm Spiegel blitzt und donnert. [2068]

Ein Abgrund, aus dem unten das Auge Gottes hinaufsieht. [2077]

Mir ist zumute, als hätt ich mich selbst gegessen. [2088]

Der Mensch sollte denken: die Bäume reden Sanskrit. [2131]

Wer einen Menschen töten will, der muss aus ihm selbst (wie es im Mittelalter ja sogar physisch geschehen sein soll) ein Gift zu ziehen suchen. [2144]

Das Unglück gebiert nur Zwillinge. [2158]

Er nahm wohl einen Fußtritt hin, aber er musste von einem gewichsten Stiefel appliziert werden. [2159]

Mancher Mensch sieht aus, als ob er seiner Amme nur vom Arm gesprungen wäre und sie wieder suchte. [2164]

Ein Mensch, der seinen Namen nur buchstabierend hersagen kann. [2167]

Ein Hund, der vorn so viel hineinfrisst, dass ihm hinten zugleich der Kot entgeht. [2234]

Ein Bettler: um zu sehen, ob es einen noch Ärmeren gibt, hängt er seine abgelegten Hosen an einen Baum auf, es nimmt sie aber keiner weg. [2240]

Einer, der sich im Sumpf spiegelt und hineinfällt. [2273]

Ein neuer Gott, kreiert
  Aus altem Lehm und Dreck:
Die Schildwacht präsentiert,
  Der Leutnant fällt vor Schreck. [2286]

Mir ist zumut, als hätt ich die Welt ausgespien und möchte sie nun wieder einschlucken. [2295]

»Er frisst immer Menschen, wenn er nichts andres frisst, das heißt: in Gedanken.« [2391]

Einer, der einem andern eine Ohrfeige gibt, weil er glaubt, dass dieser ihm eine Fratze schneidet; näher besehen, ist's aber des Menschen natürliches Gesicht. [2421]

Ein Feind, der so groß und dick ist, dass sein Gegner in seinem Schatten kämpfen kann. [2422]

Einer, der, wenn er etwas *erlebt*, sich dessen immer nur zu *erinnern* meint. [2498]

*Bild:* Man tritt durstig in ein Wirtshaus. Der Wirt sitzt hinter seinen Gläsern und Flaschen, er ist tot. [2507]

Ein Bösewicht, der im Schlaf wie ein Guter aussieht. [2510]

Wenn unsre Denkgesetze, unsre Erfassung des Weltgeheimnisses nichts wäre? Wenn es einen Zustand gäbe, worin nichts *aus*-, nichts *auf*einander ſolgte? Einen Zustand, für den wir nur das Wort Wunder haben? Phantasie, aber eine reizende! [2536]

Wie ich in meiner Jugend einen solchen Abscheu gegen das Wort Rippe hatte, dass ich es sogar in meinem Katechismus vertilgte. [2546]

Die Luft atmet das Licht. [2592]

Verbösung – guter Ausdruck. Die Uhr elfte, zwölfte pp – [2615]

Ich bin einem großen Mann immer dankbar dafür, wenn er nicht aussieht, als ob ihn ein Töpfer aus Lehm gebacken hätte. [2636]

Ein Pferd braucht nur zu sch–, so hat ein Spatz eine Mahlzeit. [2642]

Einmal den Tod kosten: sich ins Meer stürzen und Leute bestellen, die einen wieder herausziehen. [2643]

Schweinsblasen an den toten Gebilden befestigen, um sie über Wasser zu halten. [2657]

Ein spitznasigtes, dünnleibigtes Ding mit einer Fistelstimme, Tochter eines Musikanten: als ob sie aus der Violine unterm Steg hervorgefiedelt wäre. [2666]

Einer, der plötzlich bemerkt, dass er bei einer Giftmischerin wohnt; er ist krank, um sich zu retten, stellt er sich in die Tochter verliebt. [2667]

Ein humoristischer Prediger, der in den Leichenreden nicht an die Tugenden und Verdienste, sondern an die Fehler und Schwächen der Abgeschiedenen erinnert, damit die Überbliebenen sich um so eher trösten. [2699]

*Für eine Novelle à la Boccaccio.* Ein junger hübscher Musiklehrer und eine Schülerin, die sich verstehen. Aber die Mutter des Mädchens ist besorgt und tritt jedes Mal sogleich ins Zimmer, wenn eine verdächtige Pause im Spielen eintritt. Das Mädchen muss daher *spielen*, solange er ihr –. [2705]

Soeben sehe ich von meinem Hinterstübchen etwas, was ich doch nicht für möglich gehalten hätte. Ein 5jähriger Knabe, Sohn des nebenan wohnenden Buchbinders, hatte in einer kleinen Butike, die im Garten steht, ein Mädchen von etwa 6 bis  Jahren auf den Arbeitstisch seines Vaters gelegt, ihr die Röcke aufgehoben – natürlich mit ihrer Einwilligung, denn sie sträubte sich nicht im Geringsten – sie völlig entblößt und betastete nun ihren Leib und ihre Geschlechtsteile. Dies dauerte wenigstens 2 Minuten, da wurde das Mädchen, durch das Fenster blinzelnd, mich gewahr. Nun huschte sie vom Tisch herunter, der Knabe trat heraus, aber nur, um die bis dahin offen gewesene Tür mittelst eines Spatens, den er von außen vorsetzte, zuzumachen. Jetzt schlüpfte er wieder mit großer Behutsamkeit, damit der Spaten nicht umfalle, hinein, ich behielt die Butike im Auge und es dauerte nicht lange, als die Tür wieder aufging, weil das Mädchen, nun rücklings auf der Erde liegend, sie in einer Bewegung mit dem Kopf aufgestoßen hatte. Der Knabe kam wieder heraus, setzte den Spaten vor und schlüpfte abermals vorsichtig hinein. Jetzt blieb die Tür geraume Zeit zu, darauf erschien der Knabe wieder, das Mädchen aber, zu meinem Fenster hinaufspähend, wagte sich nicht heraus, sondern guckte nur von Zeit zu Zeit um die Ecke, ohne Zweifel, weil sie die Verführerin war und ein Bewusstsein für die Sache hatte, das dem Knaben noch abzugehen schien. [2710]

Das Leben und die Individuen darin: die Essig-Aale der Materie. [2716]

Eine Stadt, worin gar keine Notzucht verübt werden kann, weil alle Mädchen einwilligen. [2723]

Warum *reift* der Wurmstich die Frucht? [2733]

Das Gesicht meines Friseurs: eine Gurke, mit Zucker bestreut. [2754]

Ein Ehemann, der sich von seiner Frau jedes Mal Quittung geben lässt, wenn er seiner Pflicht Genüge geleistet hat. [2781]

Ein Mensch, der darüber wahnsinnig wird, weil er mit aller Gewalt einen neuen Gurgellaut, der nicht im A. B. C. aufgeht, hervorbringen will. [2859]

Einer will sich ermorden. Unterwegs: ein Bekannter der ihn einladet, eine Flasche Wein zu trinken. Eine Hure, die ihn lockt. Ein Bettler, dem er seine Uhr schenkt. Zuletzt eine Gelegenheit, einen Menschen – etwa in einem brennenden Hause – mit Gefahr seines eigenen das Leben zu retten. Dadurch neue Verhältnisse und Umkehr. [2866]

Jeder, der einen in Paris betrügt, einem schlechte Ware für gute gibt pp, macht ein Gesicht, als wollte er sagen: ich gebe dir Paris ja obendrein! [2868]

Die Vorstadt St Antoine: düster und drohend, als ob man in die Mündung einer Kanone hineinkröche. [2884]

Welch ein Gegensatz zwischen einem Schlangen- und einem Adler-Auge und doch dort, wie hier, Entschiedenheit, eine gesättigte Form. Ihr Blick ist das für den Geist, was ihr Biss für den Körper, es liegt etwas Zersetzendes, Auflösendes, darin. Die Klapperschlange streckte ihre gespaltene, stachelähnliche Zunge in zitternder Bewegung immer in eines Zolles Länge hervor. Auch zwei kleine Krokodile sah ich. Schöne

Mädchen schauten ins Fenster und ergötzten sich an den lebendigen Unförmlichkeiten, die kriechend, lekkend und den Kopf in die Höhe reckend hinter dem Glase ihr Wesen trieben; man sah einen vollendeten Kontrast, den Anfangs- und den Ausgangspunkt des animalischen Schöpfungs-Prozesses, ohne die Mittelglieder zu begreifen. [2890]

Ich sah heute zum ersten Mal einen Blinden, den sein Hund, ein junger muntrer Pudel, führte. Der Alte spielte eine Violine und hatte einen Strick um den Leib gebunden, an dem der Hund befestigt war; das Tier tat immer einige Schritte vorwärts, dann stand es still. [2908]

Café im Palais Royal. Sind die Vorhänge niedergelassen, so sitzt die hässliche Tochter vom Hause dahinter, sind sie aufgezogen, die schöne. Gefühl der Hässlichen, wenn sie die Vorhänge niederlässt. [2913]

In einem öffentlichen Hause in Hamburg haben sie einen Menschen ermordet, ihm den Kopf abgeschnitten, alle Dirnen haben's gewusst, eine hat's verraten. *Szene:* in einem hintern Zimmer sind alle Dirnen um die Schlächterei versammelt; da geht die Tür, ein Liebhaber kommt, eine hüpft ihm entgegen, schließt sich mit ihm ein, küsst ihn und – Oder auch der Wirt, indem er den Toten zerhackt, sagt: Ha, ihr seid alle hier, einige müssen ans Fenster, es ist verdächtig, wenn ihr dort alle fehlt! [2918]

Musikanten: sie erst zusammen blasen hören und sich dann prügeln sehen! [2922]

Man verliert seine Freunde, wie seine Zähne. Man hat zuletzt keine Schmerzen mehr, aber auch keine –

[2924]

Die englische Lithographie mit den Hunden, die das Parlament vorstellen, macht mir noch immer viel Vergnügen. Es ist eine Karikatur und keine. Keine, denn hier sind keine Verzerrungen, sondern die wahrste, lebendigste Natur; eine, denn diese Hunde repräsentieren. Der große weiße Pudel in der Mitte hat die eine Pfote auf das Gesetzbuch gelegt und leistet seinen Schwur ab; eine Brille liegt auf dem Buch, man sieht, er hat es vorher sorgfältig studiert, er kann und will sich nicht mit Unwissenheit entschuldigen, wie sein Ältervater. Diesen seinen Ältervater nämlich nahm der Schlachter in Dienst, weil er ihm zugeschworen hatte, dass er kein Fleisch fressen wolle, er riss seinem Brotherrn aber noch denselben Tag eine Wade aus und erklärte, als er wegen Eidbrüchigkeit zur Rede gesetzt wurde, er habe auf Fleisch geschworen, nicht auf Waden. Ein kleiner Köter schaut bedenklich zu dem ehrwürdigen Weißen auf, er scheint ihm zurufen zu wollen: Bedenke, was du tust, ich bin eine Zwerg gegen dich, aber *ich* könnte das nicht halten, was du da schwörst, wie willst *du* es durchsetzen? Ein Bullenbeißer dagegen betrachtet die Pfote des Schwörenden und denkt: es sind Tatzen daran, die noch ganz andere Dinge zerreißen können, als dies Buch, aber es ist richtig: ehe man es Zerreißen darf, muss man darauf geschworen haben, sonst ist man nicht im Recht! [2951]

Sah heute eine Rue de la Femme sans tête. [2984]

Menschen, die statt eines Gehirns eine zusammengeballte Faust im Hirnschädel zu haben scheinen; so eigensinnig sind sie in ihrer Dummheit. [3027]

Die Morgue. An der Seite derselben auf dem Quai hat sich ein Vogelhändler angesiedelt, draußen pfeifen die Lerchen und Rotkehlchen, drinnen liegen die Toten. Niemand geht vorbei, der nicht einspräche; der Fuhrmanns-Junge steigt vom Pferde und geht hinein, die Magd mit den Kindern, die sie aus der Schule abgeholt hat, erübrigt so viel Zeit, sogar die Betrunkenen gehen nicht vorbei. Es ist, wie ein Schauspiel; man sieht den fünften Akt einer Tragödie, und ohne Entrée. [3052]

Einer erschießt sich über der Leiche seiner Braut, davon erwacht sie, denn sie ist nur scheintot gewesen. [3080]

Ein mildes Mädchen: ich seh dich schwimmen und plätschern in deinem Blut. [3081]

Sie hat ihre Jungferschaft *versetzt*. D.h. sie muss die Jungferschaft geben, wenn sie das erborgte Geld nicht wiedergeben kann. Ein sehr unsicheres Pfand. [3082]

Er würde die Sonne wohl auch gemacht haben, aber nur, damit sie ihn selbst bescheine. [3083]

Nie kann ein Frosch erröten! [3092]

Ein Kerl, der ein Opfer zu bringen, sich selbst zu überwinden glaubt, wenn er die Damen nicht in den Hintern kneipt. [3106]

Eine Blume, so dunkelrot, dass man denkt, sie müsse von einem Nadelstich bluten. [3118]

Jemand überbringt dem Scharfrichter ein Papier, sein Todesurteil. Der Scharfrichter kann nicht lesen, er selbst nur buchstabieren – er buchstabiert es heraus und wie er vor Schreck das Blatt fallen lässt, wird ihm der Kopf abgeschlagen. [3147]

Wenn die Steine aus der Mauer springen, muss das Haus doch wohl auf den Kopf fallen? Und was haben sie davon, dass sie so still sitzen? Nichts, als dass einer den anderen drückt. [3180]

Eben seh ich von meinem Fenster aus, wie ein Liebhaber seine Grisette rasiert. Ich sehe es mittelst des in ihrem Zimmer hängenden Spiegels. [3188]

Eine Rose, so reif, dass ein Schmetterling, der seine Flügel regt, sie entblättert. [3200]

Er ist kein Vogel, aber ein Tausend-Fuß! Jedes sog. Talent. [3201]

Kleines Mädchen im Tuilerien-Garten mit stechenden Bienenaugen. [3206]

Dem Teufel Absolution geben müssen, und das sogar, ehe er noch gebeichtet hat. [3227]

Heute sah ich eine über alle Maßen enge Straße in Paris; sie hieß: Rue du demi Saint! [3235]

Ich glaubte, schon etwas sehr Absonderliches getan zu haben, als ich mich bei dem Maler Widmer mit seiner italienischen Frau durchs Wörterbuch unterhielt. Als ich es erzählte, sagte einer meiner Bekannten, er habe in Neapel durchs Wörterbuch geschimpft. [3252]

Szene, die sich hier ereignet hat. Ein deutscher Künstler geht mit seiner Frau spazieren. Ein Römer tritt herzu und fragt ihn, was er mit *seiner* Frau zu schaffen habe und will ihm seine Begleitung entreißen. »Es sei ja seine eigene.« Nichts doch. Volk kommt hinzu. Balgerei. Am Ende hat der Deutsche ein blaues Auge und – leere Taschen. [3255]

»Dieser Mensch ist ein Gewinde von Schlangen, die auseinanderfliehen möchten, aber mit den Schwänzen ineinander verwickelt sind. Wenn sie sich beißen, glaubt er, dass in ihm das Gewissen sich regt.« [3269]

Im Café dell'bell'arti: die schöne neapolitänische Sängerin und der famöse Pietro, sie betrachtend, wie ein Regenwurm, der an einer Lilie hinaufkriechen möchte. [3284]

*Bild.* Einer spricht mit einem Mann; dieser antwortet nicht. Jener spricht lauter, denn er denkt: der ist taub. Wieder keine Antwort. Nun, er ist taubstumm, sprechen wir durch Zeichen. Wie vorher. Auch blind? So wird er fühlen können, ich will ihn kneifen: ach, er ist tot! [3354]

Er zieht, wie ein Gewitter, vorbei und hält es für eine große Gnade, dass er nicht einschlägt. [3322]

Was geht den Käfer sein Name an? So viel, wie dich der deine! [3380]

Fingerchen steht Körperchen gegenüber, denn Körperchen will bewundert sein, aber Körperchen mag Fingerchen doch auch nicht entbehren und frisst es von Zeit zu Zeit wieder hinein. [3384]

*Brief an Elise*

– Jüngstes Gericht; denn unsinnig ist dies Zurückkriechen der Geister in ihre Staubkittel auf jeden Fall schon deswegen, weil die Leiber sich am Ende aller Tage nach tausendfachen Metamorphosen ärger ineinandergenestelt haben müssten, wie die Beine der Schildbürger. [3428]

Ein Kurzsichtiger macht eine Liebes-Erklärung; vorher aber sagt er: ehe ich anfange, geben Sie mir Ihr Wort, dass Sie die und die wirklich sind! [3450]

Heute Abend sah ich in der Trattorie einen Menschen von stupidem Aussehen, der mit dem Munde ein völliges Konzert aufführte. Er hatte inneren Genuss dabei und schien wahnsinnig. [3451]

Ich halte es für sehr möglich, dass die Medizin dereinst alle Krankheiten heilen, und dass der Mensch nur noch am Leben, an dem allmähligen Verschwinden aller Kräfte, sterben wird. [3465]

Die Farben auf dem Golf: zerpflückte Regenbogen. [3473]

Das Weib und der Mann in ihrem reinen Verhältnis zueinander; jenes diesen vernichtend. [3475]

»Sein Kopf ist die beste Gedanken-Guillotine von der Welt.« [3481]

Einer spielt die Violine: vor den Hintern wird er gepeitscht und spielt, statt zu schreien. [3527]

Augen, die zu tränen anfangen, wenn sie nur das Wort: Zwiebel sehen! [3531]

Einer geht ins Wirtshaus, um etwas zu essen, vertieft sich in die Zeitung, ruft nach zwei Stunden den Kellner, fragt, was er schuldig ist und rechnet alles, was er essen wollte, auf, als ob er's gegessen hätte. [3575]

Ein fleißiger Schriftsteller zieht, um nicht zu viel zu schlafen, nur ein, wo es Wanzen gibt. [3580]

Das brennende Hamburg war ein schrecklicher, aber zugleich ein gewaltiger Anblick. Das Überwältigende, was die Sinne nicht bloß erfüllte, sondern sie zerriss, schien neue Organe im menschlichen Geist zu erschließen, er fühlte sich über den Moment, über seine Drangsale und sein gemeines Leid, hinausgehoben und überschaute die Gegenwart, wie von der Höhe der Geschichte herab. Mir wenigstens war es, als ob ich nichts Gegenwärtiges sähe, aber die ungeheuersten Bilder der Vergangenheit standen vor meinem Blick, ich sah Karthago mit dem zerschmelzenden Moloch, ich sah Persepolis und die tanzende Thais, ich sah Moskau und den Imperator, wie er unwillig und finster den Kremlin verließ. Ja sogar in den Momenten, wo ich selbst mit Hand anlegte, war mir zumute, wie bei einer Tätigkeit im Traum. Aber das brennende Hamburg verwandelte sich in ein niedergebranntes, der Feuerdrache zog sich wieder zusammen in den Funken, aus dem er hervorgekrochen war und der flammenrote Himmel wurde wieder trübselig und grau. Nun ward auch mir alles zur Gegenwart und anfangs zur Gegenwart ohne Zukunft, das stolze Element, das nichts verzehren kann, ohne es zugleich zu verklären, hatte sich zurückgezogen und bei dem nüchternen Tagslicht besah man sich mit Schauder und Entsetzen den Leichnam einer Stadt. [3595]

Einer heiratet die Witwe, um ein Andenken an den Mann zu haben. [3605]

Weinender: Amphibium. [3615]

Ein Verschönerungsglas. [3618]

Beim Beten und Rasieren macht der Mensch ein gleich andächtiges Gesicht. [3629]

Der Mann traf seine Frau im Ehebruch. Freund, rief sie ihm entgegen, ich wollte mich bloß überzeugen, dass du in allen Dingen einzig bist. [3695]

Dem Echo das letzte Wort abgewinnen. [3729]

Schmerz eines Menschen darüber, dass er geborner Katholik ist, da er nun nicht erst übertreten kann. [3772]

Die Toten sollten, ein immer wachsendes Heer, als dräuende Schatten mit aufgehobenen Fingern unter den Lebendigen umhergehen, bis der Letzte begraben wäre! [3810]

Ein Bart, wie ein Urwald, in den man nach der Manier der französischen Gärten ein Gesicht hineingeschnitten hat. [3815]

Ein Kerl, der das Gelübde getan hat, nie zu lachen, weil er einmal zur rechten Zeit nicht weinte. [3816]

Traum: der blutrote Mond, alle Sterne dicht um ihn im Kreis zusammengedrängt, wie sich fürchtend, grauerliches Bild. [3840]

Ein Mädchen, das, wohin es sieht, Sterne erblickt, die für niemand bemerkbar sind. Es ist aber der Widerschein ihrer Augen. [3860]

Ich weiß sehr wohl, welche unübersteiglich scheinende Hindernisse sich dem Versuch, ein Loch durch die

Erde zu bohren, um ihre innere Beschaffenheit zu erforschen, entgegenstellen. Dennoch ist das für mich ein unendlich reizender Gedanke und wenn ich König wäre, wer weiß, ob ich nicht einen Versuch anstellen ließe und mich so der Galerie unsterblicher Narren anschlösse. Genau mit diesem Gedanken in Verbindung steht ein anderer, der aber jünger ist und mir erst heute kam. Sollte man nicht in einem geräumigen Hause von Eisen, das doch sicher wasserdicht gemacht werden und Luft für viele Tage fassen könnte, längere Zeit auf dem Boden des Meers zubringen und dort bohren können? [3930]

»Betet denn keiner für mich?« Ausruf eines katholischen Mädchens in Gefahr. [4020]

»Der König von Baiern, der dem Verein gegen die Tierquäler dadurch beitritt, dass er vom Pegasus absteigt.« (Karikatur) [4060]

Ein Vergnügen, lang, wie Maccaroni. [4064]

Ein unter der Erde auf Maulwurfswegen erworbener Ruhm. [4047]

Einer malt ein Bild mit seinem eignen Blut, das aus einer Herzenswunde hervorquillt. Er glaubt müde vom

Malen zu sein, als er sein Bild vollendet und sich verblutet hat. [4078]

Musik, die den Schnupfen hat. [4086]

Durch verständiges Schmeicheln bilden. [4095]

»Deine Augen sind ein See; zuweilen steigen Schlangen in diesem See auf!« [4134]

Einer wird durch einen vornehmen Herrn durch den Kopf geschossen. Etwas Atem bleibt ihm noch. »Ich danke Ew. Gnaden, dass Sie sich die Mühe genommen haben!« [4144]

Ein Weib zu ihrem Mann: ja, es ist wahr, nur eins dieser drei Kinder ist von dir, aber ich sage dir nicht, welches, damit du die andern nicht schlecht behandelst. [4149]

Der Herr niest im Zimmer. Der Bediente verbeugt sich zum Prosit im Vorzimmer. [4173]

Eine Frau, die es sich bei Eingehung der Ehe ausbedingt, den Mann einen Tag im Jahr nicht küssen zu dürfen, ohne ihm zu sagen, warum. Dann ist sie Totenbraut. [4185]

»Eines Abends wurden alle meine Nachbarn gegen mich aufgebracht, klopften an Wände und Türen, drangen zuletzt in mein Zimmer und fragten mich, was das für ein Lärm sei, den ich mache. Beschämt freilich zogen sie ab, denn sie überzeugten sich, dass mein Herz so laut schlug, weil ich für die Freiheit erglüht war!« Münchhausen. [4288]

Das Gehirn *kämmen*! [4293]

Engländers Großmutter. Alttestamentarisch aufgeschmückt mit einer der hohenpriesterlichen ähnlichen Haube lag sie jahrelang im Bett, ein hageres Gerippe, der geputzte Tod, um den knöchernen Hals eine drei- oder mehrfach gewundene Schnur von Dukaten, unter der Decke Edelsteine und Kleinodien versteckt haltend. Sie war nicht krank, sie stand nur bloß nicht auf, um ungestört beten zu können; aus dem Beten fiel sie aber jeden Augenblick ins Fluchen, wenn sie von ihrer Schwiegertochter etwas sah oder hörte, denn sie konnte es nicht ertragen, dass ihr Sohn diese nicht nach altjüdischer Sitte als Sklavin behandelte, sondern sie liebte, sie verlangte, dass er sie, eben weil er dies tat, verstoßen solle, ein Händedruck, ein freundliches Wort waren in ihren Augen todeswürdige Verbrechen, in einem Kuss, wenn er je in ihrer Gegenwart gewagt worden wäre, würde sie den äußersten Verstoß gegen die ihr schuldige kindliche Ehrfurcht erblickt haben, ein Vorzeichen des Weltuntergangs. Eins der Kinder musste fast den ganzen Tag vor ihrem Bett zubringen, auf die Knie hingekauert und die Gebete nachplappernd, die sie aus ihrem hebräischen Gebetbuch ablas; Engländer selbst suchte sich dieser Pflicht zu entziehen und wurde deshalb von ihr gemisshandelt, sooft sie seiner nur habhaft werden konnte. Die ganze Familie hatte nur zwei Zimmer; das eine gehörte der Großmutter, das andere den Eltern und den Kindern, nahm des Abends aber auch noch sog. Bettgäste auf. Die bitterste Armut herrschte, der Vater verdiente wenig und gab das meiste für die Alte hin, desungeachtet entäußerte diese sich bis an ihren Tod, den erst sehr spät in ihrem neunzigsten Jahre die Cholera herbeiführte, nicht eines einzigen ihrer zahlreichen Goldstücke. Als sie gestorben war, reichte ihr Nachlass hin, die Verhältnisse völlig umzugestalten; ein grauenhaftes Bild! [4301]

Ich lese Soldans Geschichte der Hexenprozesse. Wohl den Tieren, dass sie keine Geschichte haben! Merkwürdig ist es, dass man, wie von unreiner Vermischung der Weiber mit dem Teufel, nicht auch von Verbindungen der Männer mit des Teufels Großmutter liest. [4303]

Einer, der an einem Tage alle Gebote zugleich erfüllt und übertritt. Humoreske. [4322]

»Sie macht einen Eindruck, als ob sie nicht bloß mit den Augen sehen könne.« [4325]

Metternichs F..z in Anwesenheit eines gebildeten Mannes. [4376]

Das Duell, das über einen Hund entsteht. Der Geforderte haut demjenigen, der wegen des Hundes forderte, die Nase ab, der Köter verschluckt sie.
(Prechtler) [4377]

Der Tannzapfen ist die Karikatur der Ananas. [4400]

Klavierspieler-Talente, bevor die Klaviere erfunden waren. [4427]

Es gibt Leute, die es glauben würden, wenn man ihnen einreden wollte, die Äpfel seien nicht auf dem Baum gewachsen, sondern vom Himmel auf ihn herabgeworfen und angeleimt. [4430]

»Im Hause Habsburg geht eine Sage, dass in schlimmen Zeiten ein Blödsinniger in ihm geboren wird, das ist dann der Genius des Geschlechts.« (Madame Kracher) Übrigens poetisch. [4434]

Hintermann drückt Vordermanns Gewehr ab, ohne dass der es merkt. [4465]

Viele böhmische Schneider, die in Wien leben, lernen kein Deutsch, vergessen aber ihr Böhmisch.
(Dr. Tedesco) [4511]

Grandiose Lügner haben mir immer imponiert, ich habe in ihren Lügen immer eine Abart von Poesie erblickt. Nachstehende Lüge Cagliostros scheint mir alles zu übertreffen, was mir jemals vorkam. »Zu Medina befreien sich die Einwohner von den Raubtieren, als Löwen, Tigern, Leoparden, dadurch, dass sie *Schweine mit Arsenik mästen* und sie in die Wälder jagen. Die wilden Tiere zerreißen und fressen diese Schweine und sterben am Arsenik; den Schweinen selbst schadet er nicht!«
(Neuer Pitaval, Bd 8) [4532]

Heute trat ich E. auf den Fuß und bat P. um Verzeihung. [4544]

Würmer haben keine Löwenschmerzen, Löwen teilen aber Würmerschmerzen. [4558]

Ein gespenstisches Wesen, das nichts ist und hat, aber jedem, dem es begegnet oder der es erblickt, das nimmt, was an ihm das Beste und dem Gespenst das Nötigste ist. Dem Ersten die Beine, so dass er lahm wird und das so lange lahme Gespenst wandelt; dem Zweiten die Sprache u.s.w. Es dauert aber nur eine Nacht. [4567]

Mit Blut Blumen begießen wollen. [4633]

Ein kleines Kind, mit lächelndem Gesicht: »Heut brauch ich nicht in die Schule zu gehen (klatscht in die Hände) denn heut wird meine Mutter begraben.« (Baronin Feuchtersleben) [4668]

Ein Insekt in den Dimensionen eines Walfisches ausgeführt: grässlichstes Geschöpf! [4685]

Wenn man montags grüne Blätter zu sich nimmt, dienstags Essig und mittwochs Öl: kann man dann Donnerstag sagen, man habe Salat gegessen? [4722]

Ein kleines Kind, das einen Fisch von Honigteig verspeist, das, als es ihn halb verzehrt hat, ausruft: er weint! und nun zu essen aufhört und selbst zu weinen anfängt. [4736]

*Künstler am Klavier*

Mir ist,
Als wär ich da eingeschlossen
Und spielte mich selbst heraus. [4818]

»Ich war sehr schön als Kind, bin aber ausgewechselt worden«, sagt ein hässlicher Mensch. Tennenbaum. [4865]

Wenn man im Frühling so im Freien sitzt und die Augen schließt, hat man eindämmernd ein Gefühl, als ob man selbst zu leben aufhörte, und alles andere, von uns freigegeben, zu leben anfinge. [4867]

Tinte, die erst zu leuchten anfängt, wenn das rechte Auge auf die Schrift fällt. [4874]

Graf Sandor ist verrückt geworden. Sein Letztes war, dass er dem Pförtner befahl, dem Ersten, der käme, den Kopf herunterzuhauen, wenn's auch sein bester Freund wäre. – Vorher hat er immer *Ludwig Löwe* als *Holofernes* kopiert. Seine Wette, dass er im Kaffeehaus arretiert werden wolle. Zieht sicht zerlumpt an und gibt einen Tausender zum Wechseln. Gut. [4879]

Ein Mann heilt seine Frau dadurch von der Verschwendung, dass er sich, wenn sie eine überflüssige Ausgabe gemacht hat, jedes Mal so lange das Nötige entzieht, bis sie wieder gedeckt ist, so lange z. B. kein Bier trinkt, bis der Preis eines Kleides wieder herausgebracht wurde. [4884]

Eine Frau, die um voller im Gesicht zu erscheinen, Wachskugeln hinter den Backen trägt, die noch im Munde der Leiche gefunden werden.
(Baronin Feuchtersleben) [4910]

Titi sieht den Mond aufgehen und sagt: da kommt die liebe Sonne. Ihre Mutter versetzt: nein, Kind, das ist ja der Mond! Schelmisch erwidert das Kind: der Mond ist die Sonne zum Spaß. [4936]

Titi, die vorgestern von mir eine kleine Züchtigung erhielt, sagte gestern zu mir, als sie sich daran erinnerte: wenn ich ein großes Mädchen geworden bin und du ein kleiner Knabe, züchtige ich dich auch! [4953]

»Die liebe Mama schläft, aber nicht sehr!« [4988]

Ein Mensch wird an einen Abgrund gestellt. Dort wird ihm in die linke Hand ein Rasierspiegel, in die rechte ein Rasiermesser gegeben und er muss sich nun auf einen Fuß stellen und sich rasieren. Gelingt's, so ist er frei, gelingt's nicht, so stürzt er hinab. [5001]

Zwei Menschen treffen auf einem Scheideweg zusammen. Sie finden Gefallen aneinander und reichen sich die Hand. Aber der eine soll nach Westen, der andere nach Osten. Doch statt sich nun loszulassen, reißen sie sich lieber gegenseitig die Arme aus und nennen das Treue. [5095]

Ein Fiaker überfuhr jemand und bat ihn dadurch um Verzeihung, dass er ihn mit der Peitsche über den Kopf hieb. (Erlebt) [5158]

Ein sehr fröhlicher Abend bei Saphir; er in seinem besten Humor. Ein paar Geschichten zum Totlachen für mich; 70 Trauerspiele wert. Ein reicher Kauz, Protektor und zugleich Stiefelputzer von Dichtern und Schauspielern, wird von ihm überredet, Bäuerle besitze die Kunst, sich unsichtbar zu machen. Verdrießlich eilt er zu diesem: schlechter Kerl, bist Besitzer der Kunst, dich unsichtbar zu machen und hältst damit hinter dem Berge. »Wer hat dir das gesagt?« Wer? Saphir! »Höchst indiskret«. Auf sein Andringen, teilt Bäuerle ihm das Geheimnis mit: vierzehn Tage Reiben mit einer gewissen Salbe, dabei ein Gebet, am funfzehnten die Probe. Der funfzehnte kommt heran, ein großes Diner wird in Weidling veranstaltet, alle Eingeladenen sind unterrichtet. Als man beim Wein sitzt, gibt Bäuerle seinem Kandidaten einen Wink, dieser erhebt sich, geht in den Wald, reibt und betet noch einmal und kommt dann, in Gedanken unsichtbar, zurück. Nun kneipt er den einen in die Wangen, zupft den andern bei den Ohren, nimmt dem Dritten sein Brot weg und alle stellen sich, als ob sie glaubten, dass sie sich untereinander den Schabernack zufügten. Er ist überglücklich und geht zu dem Tisch der Kutscher, die von nichts wissen. Hier trinkt er dem einen sein Bier aus. »Herr, was machen's, gehen Sie mir, sonst gibt's Ohrfeigen.« Aber, sehen S' mich denn? »Wie sollt ich ›Ihnen‹ nicht sehen, ich bin nicht betrunken, wie Sie!« Betrübt schleicht er zu Bäuerle zurück und ruft ihm ins Ohr: »Die Kutscher sehen mich ja!« [5191]

Man stritt, ob der Mond bevölkert sei. »Was bevölkert – rief ein kroatischer Arzt dazwischen – wenn der Mond abnimmt, wo bliebe wohl Bevölkerung?«
(Prof. Brücke) [5198]

»Er hat ein so dünnes Gesicht, dass er einen Geißbock zwischen den Hörnern küssen kann.« [5226]

Dem Gänsejungen stirbt eine junge Gans. Er richtet ihr ein Leichenbegängnis ein: Der Kinderwagen des Hauses wird mit Gras bedeckt, das Tier daraufgelegt und dann mit Blumen bestreut. Nun muss der jüngere Bruder den Wagen ziehen, er selbst aber schreitet gesenkten Hauptes hinterher und ihm folgen zum Erstaunen des ganzen Dorfs, ebenfalls gesenkten Hauptes, wie Leidträger, alle Gänse, Enten, Hühner, das ganze Geflügel des Hofs. Die Sache klärt sich nachher so auf, dass der Zugführer die Hand voll Hafer hat und bei jedem Schritt ein paar Körner fallen lässt, nach denen die Leidtragenden schnappen. – In dem Knaben kann ein Dichter stecken.
(Madame Robeck) [5255]

Übrigens macht ein besuchter Badeort einen Eindruck, wie ein Jahrmarkt, der in einer kleinen Stadt abgehalten wird; viele Menschen drängen sich in einem kleinen Raum und jedem sieht man's an, dass er nicht zu bleiben gedenkt. Dabei hier die fortwährende Erinnerung des Menschen an eine Pflicht, die er nicht gerne nennt, wenn er sich auch zu ihr bekennt; wie der Kirchhof ihm unaufhörlich zuruft: bedenke, dass du sterben musst, so mahnt Marienbad ihn unermüdlich: vergiss nicht, dass du –ßen musst! Wohin man auch komme, überall kleine Häuschen in Pyramidal-Form, deren Bestimmung sich keine Minute verkennen lässt, mögen sie nun über einem silbern dahinrieselnden Bach oder unter blühendem Holunder und flüsternden Birken angebracht sein, und wie oft stößt man auf bebänderte Herren oder nach Ambra duftende Damen, die mit verlegenen Gesichtern auf sie zueilen oder mit beschämten herausschlüpfen. [5267]

Zwei Löwen küssen einander nicht. [5271]

Ein sehr schöner Tag. Die blauen Libellen auf den grünen Tannen, die unbeweglich-still darüber zu schweben schienen, weil man ihre Füßchen nicht sah. Ein im Heu herumhüpfendes Vöglein, das ganz wie das Heu koloriert war. Die Tannen über dem Erdriss, deren schlangenhaft verschlungene Wurzeln man sah. Die seltsame Tanne, die sich etwa zehn Fuß über der Erde teilte, als ob zwei Bäume entstehen sollten, die auch einige Ellen lang auseinander blieben, sich dann aber wieder vereinigten, und zwar so, dass der eine Stamm um den anderen, wie eine Schlange, herumkroch und in der Spitze völlig und ununterscheidbar zusammengingen. Die Bauerweiber, die ihn ihren mit Eiderdunen ausgestopften Kleider-Ärmeln in der Ferne wie viereckig aussahen. Die Krücken, welche die Lahmen in der Kirche zurückgelassen haben. Dr. Lucka: »Ich bin überall tot, in Paris und London, in Rom und Neapel, warum nicht auch hier, in diesem kleinen Winkel!« [5285]

Die Glocke schlägt hier so langsam, als ob sie zugleich zählte und sich immer verzählte. [5297]

Abstrahieren heißt die Luft melken. [5377]

Mein Freund Brücke erhielt von dem Prosektor des Josephinums zum neuen Jahr ein Stück von dem Dünndarm eines Feld-Paters geschenkt, der zwei Stunden nach einer reichlichen Mahlzeit gestorben war. [5413]

Ein alter Küster hat im Dom zu Köln am Rhein fünfzig Jahre lang an einem Altar die Lichter angezündet. Der Altar wird abgetragen, weil ein neuer gestiftet wird, und er erhält ihn zum Geschenk. Er macht sich zu Hause einen Abtritt daraus. (Brentanos Briefe) [5415]

Der Genius des Lineals schwebt über Berlin. [5451]

Ein Priester hat den Erzbischof von Paris ermordet. Scheußlich. In der Kirche während des Amts. Scheußlicher. Sein Messer, zu lang, um in die Tasche zu gehen, hatte er unter einem großen Blumenstrauß verborgen. Am scheußlichsten! [5546]

Zwei uralte Greise: Wer ist Vater, wer ist Sohn? Beide haben's vergessen. [5613]

Abraham opfert den Isaak; er legt nämlich eine Flinte auf ihn an und im Augenblick des Abdrückens erscheint der rettende Engel und *pisst* aufs Zündloch! Ein wirklich vorhandenes, seit Jahrhunderten in einer mährischen Kirche zur Verehrung der Gläubigen aufgehängtes Bild! (Werner) [5635]

Ein Engel fliegt. Ein Mensch macht mit Händen und Füßen die Flug-Bewegungen nach. [5708]

Ein hochadeliger Herr von Habenichts schreibt seinen Namen zu Mittag auf ein Blatt Papier und verzehrt ihn, anstatt eines Beefsteaks. [5722]

Der Traum des Pfarrers: »Die Bibel spielt Klavier.« [5745]

Ein Schneider trug in einem schwarzen Tuch ein Leichenkleid. Eine alte Frau nebst ihrer jungen Tochter hielten den Mann auf der Straße neugierig an, taten das Tuch auseinander und schauten bewundernd hinein. [5756]

Über ein sehr spitziges scharfes Gesicht einer Ehefrau zum Mann: Wenn Sie Ihre Frau küssen, so rasieren Sie sich zugleich! [5792]

Spei ihn an und reiche ihm dann ein Taschentuch zum Abtrocknen, so bedankt er sich noch. [5806]

»Ist sie krank?« »Sie liegt zu Bett und wartet auf die Schmerzen.« (Titi) [5855]

Ein Vöglein fliegt um die Morgenröte an einer Blume vorbei, als sie ihren Kelch gerade öffnet; der Duft tötet es. [5900]

Die Wirtstochter in Ebenzweier, die mir zum großen Ergötzen der Anwesenden glaubte, als ich ihr erzählte, ich hätte in Triest einen Sturm erlebt, der den Leuten auf der Straße nicht bloß die Hüte, sondern auch die Köpfe abgerissen habe. [5932]

Liebestrank: Nimm alle Kräuter, die auf Erden stehen; fehlt eins, so erweckt die Mischung Hass. [5944]

In einem jüdischen Kalender, der vor mir liegt, heißt es: »Zu dem Gedanken eines ›Welt-Schöpfers‹ hat sich die heidnische Philosophie nie aufgeschwungen; das war uns vorbehalten.« Ich möchte dies ausdrücken: »Zu dem Gedanken eines Welt-Schöpfers ist die Philosophie der Alten nie herabgesunken, vor diesem krassesten aller Anthropomorphismen hat sie ihr gesunder Instinkt immer glücklich bewahrt.« [5960]

Ein Pferd wird beschlagen; als der Schmied fertig ist, reckt auch der Frosch seinen Schenkel hin.
(Serbisches Sprichwort) [6072]

War im Liechtenstein-Garten, um den furchtbaren Scirocco zu ertragen. Massen von Kindern! Wer sich auf die Algebra dieser unbestimmten Größen verstünde! Auch Napoleon sprang einmal so herum und schrie nach Kirschen. [6154]

Auf der Eisenbahn die Magd mit dem kleinen Hund auf dem Schoß. Ein Soldat fragte sie, ob sie das Tier so liebe. Sie versetzte: ich möchte ihn lieber erwürgen, aber meine Gnädige erwürgte mich wieder, wenn ich dem Vieh etwas täte. Dabei streichelte sie ihn und er leckte sie. [6155]

Der Rabe bei dem Schmied in der Jäger-Zeil, der jeder Köchin, die mit dem Markt-Korb zurückkam, seinen Zoll abforderte, der sich dann das Fleisch vergrub und wenn ein Hund von ungefähr der Stelle nahe kam, auf ihn zuflog und ihn hackte. [6208]

Im Irrenhause. Einer geigt den ganzen Tag von einem alten Notenblatt die Melodie ab; ein anderer sitzt ihm rauchend gegenüber und klatscht ihm Beifall, wenn er zu Ende ist. [6218]

Justizrat Albrecht in Hamburg, der sich eine Bibliothek über die Schwächen großer Männer angelegt hatte. [6230]

Ein Kastrat, gegen den eine Dirne auf Vaterschaft klagt und der davon so geschmeichelt wird, dass er nicht protestiert. [6231]

»Der Klügere gibt nach!« Humboldt beim Tischrücken, als der Tisch zu wackeln anfängt. [6233]

*Gewitter-Ableiter.* Kaiser Augustus führte als Schutz gegen den Blitz immer die Haut eines See-Kalbes mit sich, Tiberius setzte sich einen Lorbeer-Kranz auf und die Montespan nahm ein Kind auf den Arm.

[6261]

Halb unter der Erde liegen. [6271]

# NAPOLEONS KAMMERDIENER

## Träume

Ich sah neulich im Traum einen Liebhaber um seine Geliebte bei ihren Eltern durch Violinspielen werben, und *wunderte mich nicht im Geringsten darüber*, dass er auf zwei Geigen zugleich spielte. [755]

Beppi träumte über Nacht: sie sähe einer Trauung in der Kirche zu und bemerkte plötzlich, die Braut habe einen Totenkopf, der Bräutigam kohlschwarze Zähne; auf einem Seiten-Altar stand ein Käfig, worin ein Affe auf und nieder sprang. [757]

Über Nacht im Traum saß ich in einem Wirtshaus der Au und nahm ein Mittagsmahl ein. Neben mir lag der Woldemar von Jacobi, mir gegenüber saß ein Reisender, der ebenfalls dinierte und mich fragte, welches Buch ich läse. Ich reichte ihm den Band hin, er steckte ihn ohne Weiteres in die Tasche und verehrte mir zwei Körbe, in deren größtem eine treffliche Boaschlange, zusammengeringelt und mit ihrem langen Körper eine kleinere Schlange einschließend, lag. [860]

Über Nacht hatte ich einen närrischen, mir sehr auffallenden Traum. Ich *verzehrte* (im eigentlichsten Verstande) die Ottoniade (ein lächerliches Heldengedicht, dessen Verfasser sich selbst mit den besten Mustern des Altertums vergleicht) und fand das Gericht sehr wohlschmeckend, es war dem Spinat ähnlich. [1015]

Es wäre interessant, die Träume aller seiner Freunde und Bekannten, auch nur einer Nacht, in denen man selbst eine Rolle spielte, zu kennen. Da könnte es sich wirklich treffen, dass man in demselben Augenblick Hochzeit machte und begraben würde, den Konsular-Thron einer neu kreierten Republik besetzte und eine Galgenleiter bestiege, küsste und sich duellierte, der geistigen Funktionen, die man übte, gar nicht einmal zu gedenken. Dabei fällt mir ein, dass eigentlich jede bedeutende Idee in den Köpfen der verschiedenen Menschen, die sich ihrer bemächtigen, solch ein wahnsinniges Traumleben führt. [1031]

Über Nacht, im Traum, entschloss ich mich, für jemand zu sterben, auf die Weise ungefähr, wie man sich entschließt, für jemand einen Gang über die Straße zu machen. Es war, als ob ich nicht wüsste, was Sterben sei. [1052]

Über Nacht, im Traum, war ich Napoleons Kammerdiener. [1056]

Neulich war ich im Traum Haupt einer protestantischen Missionsgesellschaft, welche Katholiken zu bekehren suchte. Ich sagte mit Salbung zu einer Proselytin, indem ich auf ein Kruzifix zeigte: »wenn du *diesen* Gott verehren willst, so musst du erst die Augen zumachen, um nicht zu sehen, dass er von Holz ist, dagegen ––« hier unterbrach ich mich, denn ich sah, dass meine Proselytin sich andächtig vor dem Kruzifix bekreuzte. Die Nacht darauf war ich im Traum ein abgesetzter Papst. [1386]

Über Nacht hatte ich den absurdesten aller Träume. Ich träumte nämlich, das 16te Jahrhundert läge neben mir im Bett, in Gestalt eines großen Bilderbuchs, und ich suchte es umsonst zu erwecken. Ich sah in dem Bilderbuch allerlei Gestalten jenes Jahrhunderts und weißen Raum dabei auf den Blättern. [1466]

*Zwei Träume.* Ich lag in einem Sumpf, frierend und nackt. Menschen gingen vorüber, höhnten mich und spien mich an. Das war mir recht. Aber es kamen auch andere, die mir die Hand reichten und mich herausziehen wollten. Das stachelte meinen Ingrimm, ich warf mich knirschend zurück und widerstand. »Ist's genug?« war mein letzter Gedanke, der sich mit dem Gedanken an Gott verschmolz. – Auf einem Berg lagen lauter Grabsteine und Gräber umher, falbes grauenhaftes Licht beleuchtete den Platz, es war ein Berg bei Heidelberg, ich tanzte mit anderen auf den Gräbern und rief jemandem zu: nimm dich in Acht, man sinkt oft plötzlich in ein Grab hinein. [2199]

*Mein Traum.* Alberti hatte ein kleines Kind, das den Namen seines Vaters nicht sprechen, sondern niesen konnte. [2218]

*Traum von Elise.* Sie sieht einen, der sich selbst köpft, dann kriecht der Rumpf zum Kopf und begräbt ihn. [2388]

Sah neulich im Traum essende Tote. [3101]

Ich sah einen Menschen im Traum, der Kirschen aß, die auf seinem eignen Kopf wuchsen. [3560]

*Traum.* Ein Mann ruft: Fleisch! Fleisch! durch die Straßen und schneidet den Leuten die Beefsteaks aus seinem ansehnlichen Bauch heraus. [3637]

In der letzten Nacht träumte mir: ich sollte begraben werden, war aber, so seltsam es mir auch in der Erinnerung vorkommt, zugleich in und außer der Truhe und wurde von dem Geistlichen, einem mir aus meiner Jugend sehr wohl bekannten Prediger, befragt, ob ich der zu bestattende Friedrich Hebbel sei. Da ich es nicht leugnen konnte, verfügte er, dass ich vorläufig, ich glaube auf eine Stunde, in einem Grabgewölbe, worin schon mehrere Särge standen, untergebracht werden solle, indem so viel Zeit dazu gehöre, ein Grab für mich fertig zu machen. Nun appellierte ich an die Menschlichkeit des Geistlichen, gab ihm zu bedenken, dass keiner gern in die Erde hinuntergehe und ich am wenigsten, und dass ich sehr bitten müsse, die noch übrige Stunde noch in freier Luft verweilen zu dürfen. Dazu gab er mir denn endlich auch die Erlaubnis, aber nicht, ohne mir ausdrücklich vorzuhalten, dass ich darauf keineswegs ein *Recht* hätte, dass es im Gegenteil unerlaubt und unanständig sei, als Toter noch unter den Lebendigen so mit herumzulaufen und dass ich auf den Glockenschlag wieder da sein müsse. [3654]

In der letzten Nacht hat Christine geträumt, sie werde, im Bade liegend, entbunden und zwar von einer Taube. »Tut sie nur ins Wasser – ruft sie aus – dann gehen die Federn schon ab.« [3706]

Über Nacht träumte mir, ich ertränkte den Dichter Otto Prechtler, weil er nicht aufhörte, mir Verse vorzulesen, in einer Wasch-Schüssel, denn er war nicht größer, als eine Hand. [4013]

Meine Frau im Schlaf.
Ein Kind, das von dem Ernst des Lebens träumt!

[4204]

Über Nacht sah ich im Traum Soldaten, die je nachdem der kommandierende Offizier das Schwert erhob oder es senkte, bis in den Himmel hineinschossen und wieder klein wie andre Menschen wurden. [4224]

*Tines Traum*. Düstrer Himmel. Das Glacis beschneit. Und aus allen Poren ihres Körpers fahren Blitze: sie macht das Gewitter! [4273]

Mir träumte gegen Morgen von einem Menschen, der sich dorthin, wo andere das Herz sitzen haben, ein spanisches Fliegenpflaster legte, um doch auch etwas zu fühlen. [4436]

Neulich träumte mir, ich wohne in einer sehr engen Straße, in welcher sich zwei Leichenzüge begegneten. Die Särge konnten einander nicht ausweichen und der eine wurde so lange durchs Fenster in mein Zimmer hineingeschoben, bis der andre vorbei war. [4587]

Meine liebe Frau träumt über Nacht, sie sähe eine zweite Sonnenfinsternis. Wie sie durchs Glas schaut, sieht sie Napoleon, der den Schatten auf einem Stock mit raschen Schritten durch die Sonne trägt; in der andern Hand hält er einen Regenschirm, und ein gemeiner Soldat folgt ihm nach. [4914]

Meine liebe Frau träumt: sie isst sehr viel und verzehrt zuletzt eine Zwei-Gulden-Banknote. [4949]

Meine liebe Frau hatte über Nacht einen höchst phantastischen Traum. Das Mädchen kommt zu ihr hinein und meldet ihr: Gnädige Frau, der Mann ohne Kopf aus Brasilien ist da, und bittet dringend, zu sprechen. Ganz so, als ob sie den allergewöhnlichsten Besuch meldete. Meine Frau geht hinaus und sieht wirklich einen Mann ohne Kopf dastehen, übrigens elegant gekleidet, im schwarzen Frack, weiße Handschuhe an. Er spricht und ist äußerst höflich und artig, was ihr das meiste Grauen einflößt. Bei alledem kommt es ihr zuletzt vor, als ob er doch einen Kopf hätte; wenn sie nicht hinsieht, glaubt sie einen zu bemerken, und zwar einen recht schönen; wenn sie aber hinsieht, ist er wieder weg. [4957]

Mein erster Traum in England war, dass ich zwei Pferde am Rande eines Turms ruhend hängen sah, die dann hinabstürzten. [6018]

Seltsamer Traum meiner lieben Frau. Ein Mörder sitzt an einem Tisch und spielt mit seinem Kinde, welches er auf dem Schoß hält. Plötzlich fällt etwas Schweres, es ist sein Kopf, das Kind hat ihm diesen abgesägt. [6058]

Mir träumte, ich sei in Moskau, und zwar mit Engländer, der vortrefflichst russisch sprach, las und schrieb. Wir gingen aus, da mussten wir plötzlich eine Strickleiter hinaufklimmen, um weiterzukommen. Die Passage führte über einen Boden, unter einer Menge von Glocken durch, an die man stieß, auch wenn man kroch und die dann Töne von sich gaben. »So erhält der Zar sein Glockenspiel im Gange!« sagte mein Begleiter.

[6147]

Eines Morgens hatte ich kein Holz zum Einlegen in der Schule, da dachte ich: es stehen so viele Götzen in der Kirche, erwischte dort einen Johannes, sagte: »Jögli, nun bück dich!« und schob ihn in den Ofen. (Fahrender Schüler)
Freytag, Bilder aus der deutschen Vergangenheit, Bd 2, 85. [6255]

# EIN BÖSES, UNHEILGEBÄRENDES FEUER

## Persönliches

Meine Poesien aus der ersten Zeit sind unter allem Begriff schlecht, doch enthielten sie – was mich damals ordentlich plagte, da ich daraus den Schluss zog, dass es mir an Phantasie fehle, keinen Unsinn. [196]

Ich kann alles, nur das nicht, was ich *muss.* [509]

Wie mir, mag einem Menschen sein, der um ein Bein gekommen ist; wenn er sitzt, oder liegt, wird er die vollste Gehkraft verspüren und vor keinem Ziel zurückschaudern, steht er aber auf, so ist er lahm und wird wohl gar ausgelacht. Ich bleibe dabei: die Sonne scheint dem Menschen nur einmal, in der Kindheit und der früheren Jugend. Erwarmt er da, so wird er nie wieder völlig kalt, und was in ihm liegt, wird frisch herausgetrieben, wird blühen und Früchte tragen. Tieck sagt in diesem Sinn irgendwo: nur wer Kind war, wird Mann; ich erbebte, als ich dies zum ersten Male las, nun hatte das Gespenst, das mich um mein Leben bestiehlt, einen Namen. Wie war nicht meine Kindheit finster und öde! Mein Vater hasste mich eigentlich, auch ich konnte ihn nicht lieben. Er, ein Sklav der Ehe, mit eisernen Fesseln an die Dürftigkeit, die bare Not geknüpft, außerstande, trotz des Aufbietens aller seiner Kräfte und der ungemessensten Anstrengung, auch nur einen Schritt weiterzukommen, hasste aber auch die *Freude*; zu seinem Herzen war ihr durch Disteln und Dornen der Zugang versperrt, nun konnte er sie auch auf den Gesichtern seiner Kinder nicht ausstehen, das frohe, brusterweiternde Lachen war ihm Frevel, Hohn gegen ihn selbst, Hang zum Spiel deutete auf Leichtsinn, auf Unbrauchbarkeit, Scheu vor grober Handarbeit auf angeborne Verderbnis, auf einen zweiten Sündenfall. Ich und mein Bruder hießen seine Wölfe; unser Appetit vertrieb den seinigen, selten durften wir ein Stück Brot verzehren, ohne anhören zu müssen, dass wir es nicht verdienten. Dennoch war mein Vater (wäre ich davon nicht innig überzeugt, so hätte ich so etwas nicht über ihn niedergeschrieben) ein herzensguter, treuer, wohlmeinender Mann; aber die *Armut* hatte die Stelle seiner *Seele* eingenommen. Ohne Glück keine Gesundheit, ohne Gesundheit kein Mensch! [1323]

Es wird mir immer klarer, dass das Denken nicht, wie ich früher glaubte, eine allgemeine Gabe ist, sondern ein ganz besonderes Talent. Ich selbst besitze dies Talent nicht, aber ich besitze die Ahnung desselben, und daher kommt es, dass ich mir nie zu genügen vermag, wenn ich einen Aufsatz schreibe. Ich will gehen und kann bloß springen; ich will alles aufs Bestimmte, Zusammenhängende, Gegliederte, zurückführen und kann nur stückweise den Schleier zerreißen, der das Wahre verhüllt. [1348]

Abreisen kann ich nicht mehr von München, denn die Reiße zu Fuß zu machen ist in dieser Jahreszeit mehr als bedenklich, und zu Wagen würde sie mich zu viel kosten. Wie ich aber den Winter durchkommen soll, weiß ich nicht. So ohne alle Anregung, ohne alle Aufforderung zur Tätigkeit bin ich noch nie gewesen. Ich sehe die ganze Woche keinen einzigen Menschen, ich habe keine Gelegenheit zum Sprechen, was mir doch ein Bedürfnis ist, an Mitteilung dessen, was ich etwa arbeiten könnte, ist gar nicht zu denken, ich erblicke nicht einmal ein Zeitungsblatt. Meine Korrespondenz ist auf den Briefwechsel mit Elise beschränkt; diese führe ich zwar gern, aber pekuniäre Rücksichten verbieten das zu häufige Schreiben. Gravenhorst ist ganz gewiss imstande, einen Briefwechsel zu führen, aber er ist schon seit einem Jahre stumm; Rendtorf versteht die Natur eines Briefs nicht, oder will sie, was noch schlimmer wäre, nicht gelten lassen, er zieht alles zu sehr ins Enge, glaubt immer nachmessen zu müssen und macht einen freien Geistes- und Stunden-Erguss dadurch unmöglich. Ich muss auch diesen Zustand aushalten, aber was das mich kosten wird, fühle ich, und ich habe wenig oder nichts mehr zuzusetzen. Ich fürchte diese geistigen Entbehrungen weit mehr, als die physischen, obwohl es auch etwas sagen will, das ich schon seit zweieinhalb Jahren, einen Sommer ausgenommen, nicht mehr warm gegessen habe. Das Glück könnte mir, denk ich oft, dadurch den ärgsten Possen spielen, dass es nicht ganz ausbliebe, dass es nur *zu spät* käme; dann brächte es mich richtig auch noch um den Leichenstein, um die wohlverdiente Grabschrift. Armer Baum, mit dem die Sonne zu liebäugeln beginnt, nachdem seine Wurzeln erfroren sind. »Elender Stumpf – ruft der müßige Spaziergänger aus, der ihn belorgnettiert – warum grünst du nicht, da doch alles grünt?« Überhaupt, was ist denn entsetzlich? Nicht, dass eine Welt zu Trümmer gehen, sondern, dass sie so ganz im Stillen *verwesen* kann!

[1352]

Ich bin noch immer Feuer und Flamme. Habe ich doch Tränen vergossen, als auf dem Wege von Soltau bis Welle mein kleiner Hund erkrankte. Es wäre mir aber auch der ärgste Verlust gewesen, der mich treffen konnte. [1554]

Ich will aufhören, an Gott zu glauben, wenn ich sehe, dass ein Baum ein Gedicht macht, und ein Hund eine Madonna malt; eher nicht. [1937]

Selbst-Verachtung ist nur versteckte Eitelkeit. Denn, das sich Verachtende muss notwendig zugleich das sich Achtende sein. Vor mancher Gefühls-Analyse schaudere ich. [2187]

Einen Engel schlagen und dabei verlangen, dass er nicht Blut und Tränen vergießen soll. Ich bin ein solcher Hund, der das verlangt. [2221]

Ich habe mich einer scharfen Selbstprüfung unterworfen und bin zu Resultaten gekommen, die für mich keineswegs erfreulich sind; ich muss der Welt ein viel größeres und mir selbst ein viel geringeres Recht einräumen, wie je zuvor, und das in einem Augenblick, wo ich ihr lieber fluchen, als mich ihr beugen möchte; es ist ebenso, als ob einer in dem Moment, wo er *ermordet* zu werden glaubt, sich überzeugt, dass *ein gerechter Richterspruch* an ihm vollzogen wird. [2639]

Kurz vor Elze traf ich mit einem Kandidaten der Theologie zusammen, welcher den Namen Klingsohr führte; ein in Honig getauchtes Gesicht, lange Pfeife im Maul. Er blieb in Elze, wie ich, es war mir angenehm, weil ich mir von seiner Unterhaltung für den langen Abend etwas versprach, er war aber unbedeutend bis zur Durchsichtigkeit und, wie ich mich den nächsten Morgen überzeugte, ebenso gemein. Die Wirtin kam nämlich des Morgens, als er hinuntergegangen war, zu mir aufs Zimmer, und fragte, ob ich für ihn mit bezahle; als ich dies mit Verwunderung verneinte, versetzte sie, sie hätte es wohl gedacht, er habe es jedoch behauptet und gesagt, es sei nicht nötig, dass sie mir die Zeche spezifiziert angäbe, ich sei kein Freund von Umständen, sie brauche mir nur die ganze Summe zu nennen; dies sei ihr verdächtig vorgekommen. Als der geistliche Freund wieder heraufkam, hielt ich ihm seine Schmutzigkeit vor; nun hatte die Frau ihn natürlich missverstanden, als er aber seine paar Groschen hergeben musste, wurde er kreideweiß vor Ärger, schimpfte über die ungeheuer teuren Preise und ergoss seine Galle ins Fremden-Buch. Ich dagegen fand die Zeche äußerst billig und sprach es ebenfalls im Fremden-Buch aus. [2654]

Im Allgemeinen haben meine Tagebücher freilich sehr geringen Wert: Zustände und Dinge kommen kaum darin vor, nur Gedanken-Gänge, und auch diese nur, soweit sie unreif sind. Es ist, als ob eine Schlange ihre Häute sammeln wollte, statt sie den Elementen zurückzugeben. Aber man sieht doch einigermaßen, wie man war, und das ist sehr notwendig, wenn man erfahren will, wie man ist. Das ganze Leben ist ein verunglückter Versuch des Individuums, Form zu erlangen; man springt beständig von der einen in die andere hinein und findet jede zu eng oder zu weit, bis man des Experimentierens müde wird und sich von der letzten ersticken oder auseinanderreißen lässt. [2756]

Gestern Abend entdeckte ich auch ein neues Mittel, sich auf einsamen Spaziergängen, wenn man der Gedanken-Qualen müde ist und keine 8 Sous an eine Tasse Kaffee wenden mag, die Langeweile zu würzen. Man hält den Odem an, so lange, bis die Augen aus dem Kopf herausspringen wollen und die Brust zu zerreißen droht – dann stößt die Lunge den Mund gewaltsam auf, man atmet wieder und hat darin einen ordentlichen Genuss. Ebenso könnte man sich mit Nadeln die Haut aufritzen oder sich auch wirkliche Wunden mit einem Messer beibringen, man hätte dann doch etwas zu erwarten, die Heilung und das Aufhören der Schmerzen. Jede Gegenwart lässt sich ertragen, nur nicht die vergangenheit- und die zukunftlose, und so ist die meinige beschaffen. Hinter mir nichts und vor mir nichts – ich weiß, wie alles gekommen ist und wie alles kommen wird, und das ist der Tod! [2836]

Wenn man sich ein neues Tagebuch einrichtet, so kann man der Versuchung nicht widerstehen, gleich etwas hineinzuschreiben, mag nun Anlass dazu da sein, oder nicht. Ich mache, während ich schreibe, die alte Bemerkung, dass Dinge aufhören, mir zu gefallen, sobald sie mein sind. So hätte ich dies Büchlein doch gewiss nicht gekauft, wenn es mir missfallen hätte, dennoch ist es mir jetzt zuwider. So geht es mir mit allem, mit Kleidern, Wohnungen u.s.w. Den Dingen kann gar nichts Schlimmeres begegnen, als in meinen Besitz zu geraten. Ich habe über diese Erscheinung oft reflektiert, aber nie den Grund entdecken können; bei anderen glaube ich nicht selten die entgegengesetzte bemerkt zu haben. [3598]

Über Nacht konnte ich nicht schlafen, weil die Uhr mich störte. Ich stand um 1 Uhr auf und hielt sie an. Sowie sie stillstand, hatte ich ein Kleinkinder-Gefühl. Ich empfand nämlich eine Art Reue, aus Mitleid entspringend, mir war, als hätte ich sie gemordet. [3823]

Heute habe ich mich den ganzen Tag in der angeregtesten Stimmung befunden und doch, wie so oft, nichts getan, sondern mich ganz einfach des erhöhten Daseins erfreut! Sicher ist das naturgemäß, aber ebenso sicher ist das auch ein Grund, weshalb ich so weit hinter vielen anderen zurückbleibe, was die Wirkung auf die große Masse anlangt, denn diese will nicht Tiefe, sondern Breite, und wenn man zu lange mit seinen Gedanken spielt, streifen sie alle die bunten Hülsen ab, durch die sie sich bei ihr einschmeicheln könnten und werden zu ernst und streng. [3927]

Heute Morgen erwachte ich heiter und wohlgemut, aber gleich nach dem Aufstehen überkam mich eine Stimmung, wie ich sie früher schon öfter hatte, eine solche, wo der Mensch sich in seine Atome aufzulösen und jedes Atom sich auf seine eigene Hand zu verlebendigen scheint; Kopf und Herz wollen zerspringen, die Gehirn-Fasern drohen, zu reißen, die Adern schwellen, man begreift den Schöpfungsmoment, aber als die Krisis einer Krankheit. [3938]

Zurückgekommen höre ich von Engländer, dass die Grenzboten einen wunderlichen Aufsatz über mich enthalten, der mich sehr hoch, über Kleist hinaus, stellt, mir aber prognostiziert, dass ich dereinst wahnsinnig werden muss. Seltsame Manier, mit einem lebendigen Menschen umzugehen! Also nur darum ein Nebucad Nezar der Literatur, um mit der Zeit auf allen Vieren zu kriechen, und Gras zu fressen. [4222]

Das Examen meines Vaters mit mir, ob ich die Kornarten auch kennte. Als ich schlecht bestand: »das ist Gerste, die hat einen Bart!« Dann warf er mir die Stachelbeeren, die er, zu meiner Belohnung bestimmt, in der Tasche getragen hatte, an den Kopf. [4876]

Man kann auf wunderliche Weise fortleben. So lebt Joh. Fr. Martens aus Wesselburen durch sein Niesen, das ich mir angeeignet habe, weil ich es anfangs aus Spott nachahmte, in mir fort, obgleich er längst begraben ist. [5551]

»Der Mensch unterwirft unbewusst alles den ästhetischen und logischen Kategorien. Ich mache diese Bemerkung im Wartesaal der Thüringer Eisenbahn: Tritt jemand ein, so empfinde ich zunächst, ob sein Auftreten komisch ist, oder nicht. Dann frage ich: was tust du? Welchen Stuhl wählst du zum Niedersetzen? Wohin legst du dein Gepäck?« [5749]

*An den Herrn Pfarrer Luck*

Verehrter Herr und Freund!
Auf Ihrem Standpunkt sind Sie des persönlichen Gottes und des unsterblichen Menschen gewiss; auf dem meinigen ist alles Geheimnis und jeder Versuch, das Welträtsel zu lösen, ein Gedanken-Trauerspiel, nicht, wie Sie mich korrigieren, bloßes Drama und noch weniger Hymnus. Auf welcher Seite sich die größere

Demut findet, lasse ich dahingestellt, obgleich Stolz und Eigensucht bei dem, der weiß, dass er gar nichts weiß, unmögliche Eigenschaften sein dürften; dass es keine Verständigung gibt, wenn nicht der Mangel an Übereinstimmung wohlfeilerweise auf gewissenlosen Leichtsinn oder grobe Unwissenheit zurückgeführt wird, leuchtet ein. [5847]

Gestern Abend war ich zum ersten Mal Ball-Vater. Titi wollte die Soiree bei Nordberg so ungern vorbeigehen lassen und ihre Mutter konnte sie wegen einer leichten Indisposition nicht begleiten. Ich musste bis halb vier Uhr morgens aushalten, da der Kotillon mit seinen Orden und Blumensträußen das Kind gar zu sehr lockte, und schlief zuletzt fast im Stehen ein. Immerhin aber war meine Lage noch besser, wie die Alexanders von Humboldt in seinen letzten Jahren; es handelte sich doch um meine eigene Tochter, er aber musste, wie mir Schöll in Weimar erzählte, die Töchter seines Kammerdieners Nacht für Nacht auf den Berliner Bällen herumschleppen, wenn er bei Tage Frieden haben wollte. [6081]

Ließ mich photographieren bei Herrn Lichtenstern, der darum gebeten hatte. Statt der Gedichte von Geibel und ähnlicher leichter Ware, die man in den Ateliers solcher Leute zu treffen pflegt, lagen kolossale dicke Bände herum, deren einer mir sogar in die Hand gegeben wurde. Als ich ihn aufschlug, fand ich, dass die jungen Damen hier Gelegenheit hatten, in Canstatts Pathologie und Therapie einen Blick zu werfen; auch erwischte ich, rascher, wie ein Eskimo bis drei zählt, drei neue furchtbare Todes-Arten, die mir bis dahin trotz meines gediegenen medizinischen Umgangs gänzlich unbekannt geblieben waren. Das Rätsel löste sich mir, ohne dass ich zu fragen brauchte; Herr Lichtenstern war selbst Doktor der Medizin und erklärte mir das. [6145]

# DICHTEN HEISST, SICH ERMORDEN

## Zu Literatur und Theater

Innere Lichtwelt eines Wahnsinnigen. Roman, in welchem sich alle früheren Ideen des Menschen spiegeln. [12]

Habe die Idee zu einer neuen Novelle (Zitterlein wird ausgeführt!!!!) gefasst: der Blutmann. Ein Mensch, der nur Blut – morden will pp.

1. Gibt er jemandem die Hand, so hält er sie fest, fest.
2. Als er ein Mädchen küsste, biss er sie.
3. Alle Tiere tötet er --
4. Sein Hineinblicken in einen Eimer mit Blut.
5. »Ich möchte mich selbst morden, um nur Blut zu sehen.« [56]

Der Charakter des Deutschen Satans hat eine wunderbare Beimischung des Burlesken, durch die das eigentlich Sinn verstörende Grauen, das Entsetzen, das die Seele zermalmt, aufgelöst, verquickt wird.
(Hoffmann, Serapionsbrüder) [415]

Platen brüstet sich mit dem *Zügel* und hat nicht das Pferd. [427]

Ich kann mir eine humoristische Weltgeschichte denken, aber nur das größte Genie kann und wird sie schreiben. Es ist die letzte Aufgabe der Poesie. [639]

Der echten Situationen-Komik müsste der Weltgeist als Individualität, die sich ausspräche, zum Grunde liegen. [1064]

Was der echten Lyrik vorzüglich im Wege steht, ist der Umstand, dass sie anscheinend immer das Alte, das Gewöhnliche, das längst Bekannte, bringt. Wer könnte dem Rezensenten etwas Erkleckliches erwidern, der Uhlands wunderschönes Lied: »Die linden Lüfte sind erwacht« mit den Worten abfertigte: was ist denn darin gesagt, als dass alles auf Erden sich ändert, das Schlimme ins Gute, das Gute ins Schlimme, und wer wusste das nicht, bevor er dies Lied in die Hände bekam? Welch hohe Freudigkeit der Seele, welch ein Mut für alle Zukunft im Menschen erwacht, wenn ihm die zwischen den ewigen, den Fundamental-Gefühlen in seinem Innern und den Erscheinungen der Natur bestehende untrennbare Harmonie in klarem Licht aufgeht, das scheint niemand zu wissen. Dagegen Gedanken – nun, Gedanken sind auf anderthalb Stunden neu. [1083]

Das echte Komische ist wahr, d.h. auf die Natur gegründet, und doch kann man sich in der Natur keine Gesetze, keine Bedingungen denken, die es hervorrufen und es möglich machen. Hierin liegt das Pikante des Eindrucks, den es macht. [1176]

Ich lese die Rahel. Goethes Wort: »sie hat die Gegenstände« möcht ich doch nur in bedingtem Sinne unterschreiben. Sie urteilt eigentlich, wie eine somnambüle Kranke; immer richtig, aber nur in Bezug auf sie, auf das was ihrem Zustande zusagt. Jedenfalls darf man von dieser höchst gesunden Frau ebenso wenig Folgerungen ableiten, wie von ihrem Gegenbild, der Seherin von Prevorst. Übrigens eine der aller-außerordentlichsten Erscheinungen, und – sie erkennt es zuletzt an, anfangs sah sie darin einen Fluch – ein Glück für sie, dass sie als Jüdin geboren war, denn dadurch war ihre Stellung sogleich eine scharf gesonderte, deren diese wundersam-fremde Natur so sehr bedurfte. Ich sagte lieber: sie hat ihr Verhältnis zu den Dingen, und vor allem hat sie ihre Zustände. [1318]

Es gibt Poeten, deren Personen nichts als Schauspieler sind, die für ihren Geist agieren. Lenz ist diesen Poeten geradezu entgegengesetzt und dies ist der beste Beweis seines Dichterberufs; er gibt seine poetischen Charaktere frei, wie Gott die Menschen. Nur sind sie oft zu frei, zu wenig in Einklang mit der Idee der kleinen Welt, in welcher sie sich bewegen. Dies ist im Hofmeister der Fall. Poetische Charaktere werden zusammengeführt, damit sie sich durcheinander entwickeln und ineinander abspiegeln und so gemeinschaftlich ihr bedingendes endliches Schicksal erzeugen. Hierin liegt das Geheimnis der künstlerischen Komposition, bloße Charakteristik kann nie die Hauptsache sein, wenn es nicht etwa ein Charakterbild gilt. Die Menschen im Hofmeister stehen aber keineswegs in einem wahlverwandschaftlichen Verhältnis, sie finden sich zusammen, wie König und Dame und Bube im Kartenspiel zusammenkommen, und ihr Schicksal ist dann am Ende auch ein Kartenschicksal, eine rohe willkürliche Kombination des Zufalls. Freilich mag auch im Zufall Providenz sein, doch ist es eine Providenz, die wir nicht zu erfassen vermögen, die wir daher nur dann ertragen können, wenn es sich um einen Spaß oder um einen solchen Ernst, der in Lust und Lachen schwimmt, handelt. Man hat den Zufall darum mit Recht ins Lustspiel verwiesen und selbst hier muss er in gewissem Sinn Verstand annehmen. Ohrfeigen mögen aus Missverständnis gegeben werden, fallen aber Köpfe, so wollen wir wissen, wofür. [1471]

Kleists Arbeiten *starren* von Leben. [1536]

Schillers Talent war so groß, dass er durch die Unnatur selbst zu wirken wusste. [1537]

Ein echt hamburgischer Regen, bei dem das Ende undenkbar zu sein scheint. Ich beendigte heute Vormittag die Lektüre von Justinus Kerners Reiseschatten. Ein seltsames Werk, aber das Werk eines echten, tiefen Dichtergemüts. Welch glückliche Idee, das Innerste eines Menschen durch eine Reihe von Erlebnissen zu zeichnen, die nicht auf sein Handeln, sondern nur auf sein Empfinden influenzieren, und die dennoch in ihrer Mischung des höchsten Ernstes mit dem ungebundensten Spaß sein ganzes Ich nach und nach abwickeln, wie ein Gespinst. Herrliche, komische Szenen, z.B. die, wo der Koch den Pfarrer und den Bronnenmacher für zwei Tolle ausgibt, wovon einer den andern gebissen hat; auch die vorhergehende, wo er in beiden durch Herrechnung der köstlichsten Speisen den Appetit bis ins Unerträgliche steigert. Und solch ein Werk *existiert* kaum, niemand kennt es! [1651]

Die lyrische Poesie hat etwas Kindliches, die dramatische etwas Männliches, die epische etwas Greisenhaftes. [1781]

Es gibt ideenlose Dramen, in denen die Menschen spazierengehen und unterwegs das Unglück antreffen. [1784]

Die Poesie ist die Schminke des Lebens, die Kunst, uns über unsere Armut zu täuschen. [1805]

Das *Schöne* ist die Ausgleichung zwischen Inhalt und Form, nicht der Sieg, sondern der Waffenstillstand. Die Schönheit setzt Freiheit voraus, so sehr, dass, wenn uns bei einer Blume einfiele, dass sie nicht anders sein könne, als sie ist, die ganze schöne Wirkung zerstört sein würde. Das Schöne ist die Lüge des Siegs. [1896]

Das Volk wird im Fluchen und Schimpfen poetisch. [1899]

Allegorie entsteht, wenn der Verstand sich vorlügt, er habe Phantasie. [2002]

Bei Shakespeare ist *geizigste Ökonomie*, trotz höchsten Reichtums. Zeichen des größten Genies überhaupt. [2119]

Dichten heißt nicht Leben-Entziffern, sondern Leben-Schaffen! [2265]

Der Dichter muss durchaus nach dem Äußeren, dem Sichtbaren, Begrenzten, Endlichen greifen, wenn er das Innere, Unsichtbare, Unbegrenzte, Unendliche darstellen will. [2318]

Ein Schriftsteller, wie Jean Paul, ist wie ein Tempel, in dem jeder Stein eine Zunge hätte; weil alles spricht, spricht nichts. [2561]

Ich denke viel über das nach, was die Rezensenten das Versöhnende in der tragischen Kunst nennen. Es gibt keine Versöhnung. Die Helden stürzen, weil sie sich überheben. Das mag den, der das Überheben nicht leiden kann, weil es ihm vielleicht selbst Gefahr bringt, oder weil er es nicht nachzumachen versteht, befriedigen. Ich frage: *wozu* die Überhebung? wozu dieser Fluch der Kraft? Nur, wenn sie dadurch gesteigert, wahrhaft veredelt würde, würde ich mich damit ausgesöhnt fühlen. Und doch könnte man selbst dann noch fragen: wozu ist die Gradation nötig? Warum diese aufsteigende Linie, die jeden höheren Grad mit so unsäglichen Schmerzen erkaufen muss? [2578]

Was soll der Poet machen? Soll er der Poet aller Poeten werden und sich aus seiner in eine fremde Haut hineinlügen? Es wär ein Meisterstück, wenn er's bis zur Illusion brächte. Doch ich glaube, dies ist selbst unserm Tieck nicht gelungen; er zieht, wenn er unbemerkt ist, mitten im Paradies wollene Strümpfe an. Ich denke, es ist erlaubt, hin und her zu taumeln, wenn die Erde bebt und der Himmel Grimassen zieht. Ohnehin entsteht die gute Musik nur dann, wenn der Musikant die Courage hat, aus seinen eignen Eingeweiden die Saiten zusammenzudrehen. [2619]

Gewisse Dichter können immer produzieren. Jawohl, wie man immer denken kann, solange man die eigentlichen Denkprobleme noch nicht kennt und lustig über die Tiefen, worin ein andrer stecken bleibt, hinweghüpft. [2628]

Meine eigene Komödie hat mich in der letzten Zeit zum Aristophanes geführt, von dem ich nur wenig kannte. Mich freut, dass er mir nicht früher in die Hände gefallen ist, denn er hätte mir gefährlich werden können, wenn auch nicht auf die Art, wie dem Grafen Platen, der dadurch, dass er die abgestreifte bunte Schlangenhaut mit Luft aufblies, den Aristophanes wieder zu erwecken glaubte. Nach meiner Ansicht kommt eine solche Vollendung der Form selbst bei den Griechen nicht zum zweiten Mal vor; bei den Neueren nun ja ohnehin nicht. Es ist strengste Geschlossenheit und freistes Darüberstehen zu gleicher Zeit. Die Philologen wundern sich, dass er den sog. Plan so oft fallen lässt. Die Narren! Eben darum nannte ihn Plato den Liebling der Grazien, und er ist nicht bloß ihr Liebling, er ist ihr Mann, er hat ihnen zu gebieten. Wahrlich, die wahnsinnige Trunkenheit, womit er den Schlauch, worin er eben seinen Wein gefasst hat, zerreißt und ihn gen Himmel, den Olympiern in die Augen spritzt, ist die höchste Höhe der Kunst; er verbrennt Opfer und Altar zugleich. [2635]

Talent und Genie unterscheiden sich im Drama, vielleicht allenthalben, hauptsächlich in einem Punkt. Das Talent fasst sein Ziel scharf und bestimmt ins Auge und sucht es auf dem nächsten Wege zu erreichen, was ihm, wenn es anders ein echtes ist, auch gelingt; nie aber erreicht es mehr. Das Genie weiß auch recht gut, wohin es soll, aber vor innerem Drang und Überfülle macht es allerlei Kreuz- und Quersprünge, die es scheinbar vom Ziel entfernen, aber nur, damit es umso reicher ankomme, und zu dem Kranz, der ihm dort aufgesetzt werden soll, die Blumen gleich mitbringe. [2685]

Das Höchste, was Shakespeare geschaffen hat, ist der Lear. Wie Hamlet diesem vorgezogen werden konnte, begreife ich nicht. Hamlet ist Shakespeares Testament, in Geheimschrift abgefasst; es ist ein Stück, wie im Grabe geschrieben; es ist, als ob der Tote sich noch einmal aufrichtet und in seine Eingeweide hineingreift und die Würmer, die alles das verzehren, was er fünfzig Jahre lang sorgfältig durch Essen und Trinken ernährt hat, herauswirft, uns, die wir ihm in Lebenslust und Lebenskraft neugierig zuschauen, geradezu ins Gesicht hinein; durchaus verzweiflungsvoll, ein furchtbares Ade, das er der Welt zurief, als er ihr den Rücken wandte und wieder ins Nichts verschwand. Aber Lear ist der Triumph über alle diese Schmerzen, die den Dichter später bewältigt zu haben scheinen, so dass er es aufgab, mit ihnen zu kämpfen und sich nur noch durch einen Schrei, den er eben im Hamlet ausstieß, Erleichterung zu verschaffen suchte; Lear ist das einzige Werk, das mit der Antigone verglichen werden kann, indem es die sittlichen Wurzeln des Lebens durch das Wegmähen des sie verdeckenden Unkrauts auf die grandioseste Weise bloßlegt, wie jene; auch der Form nach einzig und unerreichbar, besonders auch darin, was, wie ich glaube, noch von keinem bemerkt worden, dass Goneril und Regan selbst, obgleich sie scheinbar als böse Potenzen an sich hingestellt sind, doch eben in Lear selbst nicht allein eine Art von Berechtigung finden, sondern auch ihre Erklärung; wir sehen ein, dass ein so jähzorniger Vater eben solche heimtückische, kalte, ihn nur *fürchtende* Kinder erzeugen musste, die, sobald sie der Furcht entbunden wurden, gar kein Verhältnis mehr zu dem Erzeuger haben und ihn eher als ein feindseliges Wesen betrachten, wie als ein verwandtes, und die, da sie ihr Ich ihm gegenüber früher immer verleugnen mussten, jetzt auch nichts mehr kennen, als ihr Ich, wenn er ihnen in den Weg tritt; es ist ein Meisterstück der Form, dass der Dichter uns den früheren Lear durch den jetzigen wahnsinnigen zeichnet und dadurch zugleich die Töchter in Nerven und Geäder hinstellt. [2755]

Ich sah neulich den Sohn der Wildnis von Halm. Einmal, im fünften Akt, zitterte ich für den Dichter. Ich glaubte, ihm sei ein vernünftiger Gedanke gekommen und da ward mir bange, wie einem wird, wenn man einen Funken in einen Strohschober fliegen sieht. Aber ich hatte mich getäuscht. [2762]

Die Idee, die ich auf einem der früheren Blätter notiert habe, dass ein großer Dichter seinem Nebenbuhler sein Werk verkauft, um nur Frau und Kind nicht verhungern lassen zu dürfen, ist gar nicht übel; es müsste nur noch dies hinzukommen, dass der Dichter sich verpflichten müsste, das Werk des Nebenbuhlers über denselben Gegenstand drucken oder aufführen zu lassen, um so den Abstand zwischen sich und dem Mann, der ihn übertroffen, recht glänzend zu zeigen. [2837]

Die Katastrophe wäre dann die. Der Dichter soll das Werk loben, und er tadelt. Da ist er in den Augen der Gemeinen ein Neidhart, aber aus der Art, wie er tadelt, schließt ein Höherer auf ihn, als den Schöpfer. [2837a]

Auch so: der wirkliche Dichter stirbt, nun kann der andere nichts mehr machen. [2837b]

Im Gegenteil so: der andere hat später Gelegenheit, sich als Mann der Tat zu entwickeln. Krieg. Krisen. Da wird er sich selbst klar, er tritt das Werk wieder ab, denn es war in ihm bloß der Gedanke: nichts zu sein, der ihn bewogen hatte. [2837c]

Was Stil in der Kunst ist, das begreifen die Leute am wenigsten. So in der Tragödie, dass die Idee im ersten Akt als zuckendes Licht, im zweiten als Stern, der mit

Nebeln kämpft, im dritten als dämmernder Mond, im vierten als strahlende Sonne, die keiner mehr verleugnen kann, und im fünften als verzehrender und zerstörender Komet hervortreten muss – das werden sie nie fassen. Sentenzen werden ihnen immer besser zum Verständnis helfen. [2897]

Die Rachel, als Aemilie, eröffnete den Cinna. Es ist eine Erscheinung, wie eine marmorne Statue, es wird einem gespenstisch zumut, wenn man sie stehen sieht, man erschrickt, wenn sie sich zu bewegen oder zu reden anfängt, das Tragische, das sie umfließt, wie eine dunkle Wolke, die ihre Schönheit umsonst zu durchbrechen sucht, lässt sie von vornherein als Opfer erscheinen, das schon halb gebracht ist und nun noch halb gebracht werden soll, und so sehr sie durch ihre im höchsten Grade ausgezeichnete Rezitation wirkt, so erschüttert sie doch fast noch mehr durch die Art, wie sie sich in jeder Situation hinzustellen weiß, es ist als ob jedes Mal die entsprechende Statue, die das vorüberrauschende Leben verewigen soll, aus ihr herausgehauen würde. [2939]

Es ist sehr richtig, dass wir Deutsche nicht im Zusammenhang mit der Geschichte unsres Volks stehen, wie der Rezensent meiner Genoveva in den Blättern für literarische Unterhaltung sagt. Aber worin liegt der Grund? Weil diese Geschichte *resultatlos* war, weil wir uns nicht als Produkt ihres organischen Verlaufs betrachten können, wie z.B. Engländer und Franzosen, sondern weil das, was wir freilich unsre Geschichte nennen müssen, nicht unsere *Lebens-* sondern unsere *Krankheits-*Geschichte ist, die noch bis heute nicht zur Krisis geführt hat. Ich erschrecke, wenn ich die dramatischen Dichter sich mit den Hohenstaufen abplagen sehe, die, so groß Friedrich Barbarossa und Friedrich der Zweite als Individualitäten waren, doch zu Deutschland, das sie zerrissen und zersplitterten, statt es zusammenzuhalten und abzuründen, kein anderes Verhältnis hatten, als das des *Bandwurms* zum *Magen*. Ja, wenn ihnen Kaiser gefolgt wären, die alles wieder ausgeglichen, die den schrecklichen Riss wieder geschlossen hätten! Dann hätte man sich für das Auseinandergehen schon des Zusammenschließens wegen interessieren müssen, aber jetzt? Doch der Grund liegt darin, dass diese Poeten das eigentliche Lebens-Element des Dramas gar nicht kennen! Sie malen Bilder, und wieder Bilder, dass die Bilder etwas bedeuten müssen, davon ahnen sie nichts. [2946]

Die Poesie ist Leben, nicht Denken, Umkleiden, nicht Skalpieren und je größer die Poeten sind, umso weniger werden sie sich, ihrer subjektiven Vorliebe folgend, mit Entschiedenheit auf die linke oder die rechte Seite stellen, nur die Halben, die von dem Kampf, den jeder tiefere Mensch in sich durchkämpfen muss, ohne jemals zu einem schachbretts-mäßigen Sieg zu gelangen, nichts wissen, schlachten ihrem sogenannten Ideal den Gegensatz, der bei ihnen natürlich nie lebendig wird, sondern Schemen und Schatten bleibt, kaltblütig ab und geben ihm, wenn sie ihn niedergestreckt haben, noch einen Fußtritt obendrein, der wahre und ganze Dichter macht gar bald die Erfahrung, dass Ideal und Gegensatz, Licht und Schatten sich nicht gegenseitig aufheben, sondern sich gegenseitig bedingen, und dass sie nur in den ersten Stadien so weit auseinanderfallen, sich später aber auf höchst beunruhigende Weise ineinander verlieren. [2947]

Monologe im Drama sind nur dann statthaft, wenn im Individuum der Dualismus hervortritt, so dass die *zwei* Personen, die sonst immer zugleich auf der Bühne sein sollen, in seiner Brust ihr Wesen zu treiben scheinen. [2971]

Das Problematische ist der Lebens-Odem der Poesie und ihre einzige Quelle, denn alles Abgemachte, Fertige, still in sich Ruhende, ist für sie nicht vorhanden, so wenig, wie die *Gesunden* für den *Arzt*. [3003]

Dichter mit geistigen Augen für die Risse und Spalte der Welt und des menschlichen Ich, wie ein leibliches Auge, mit dem Vergrößerungsglas bewaffnet, das z. B. in einem schönen Gesicht nur noch ein Stück durchlöcherte Haut erblickt. [3148]

Ein Weib, das eine Tochter gebiert, und diese gebiert gleich wieder eine, und so fort. Das Drama in seiner Steigerung. [3239]

An das Nichts kann man nicht denken, ohne ihm etwas zu schenken, wenigstens den Namen, der es schon zu etwas macht und es aus der Sphäre der Ununterscheidbarkeit, der es angehört, erhebt. Die Sprache kommt noch öfter in den Fall, dass sie das Undenkbare denken, das Unmögliche und nicht Existierende als möglich und existierend behandeln muss, weil sie den entgegengesetzten Begriffen nur so einen vollständigen Ausdruck verschaffen kann. Eine ihrer dunkelsten und wichtigsten Seiten! [3320]

Das merke dir, vermaledeite Zunft:
Einfälle sind die Läuse der Vernunft!
Wer den Gedanken Schwänze macht,
Der hat geschändet, nicht gedacht! [3433]

Im Dichter wird, wie in dem glühenden Stier des Phalaris, der Schmerz der Menschheit Musik. [3453]

Die Aristophanische Komödie vernichtet *in* der Form die Form selbst und hebt so nicht bloß die Welt, der sie parodierend gegenübertritt, sondern auch sich selbst auf, was auf dem Standpunkt, von dem sie ausgeht, notwendig ist. [3468]

Es wurde vor einigen Abenden ans Theater an der Wien ein altes Stück, Graf Waltron, gegeben, welches die berühmteste dramatische Dichterin unserer Tage, Madame Charlotte Birch-Pfeiffer überarbeitet und einer unserer berühmtesten Mimen, Herr Emil Devrient, zu seinem Benefiz ausgewählt hatte. Also ein Stück, welches doppelt mit roter Kreide angestrichen war und einen Menschen, wie mich, der es für seine Pflicht hält, sich mit den Zeichen der Zeit bekannt zu machen, wohl zur Aufopferung eines Abends und zu einer Geldausgabe verleiten konnte. Ich ging erst bei der dritten Wiederholung, fand aber dessenungeachtet, und trotz der drückenden Hitze des Tags, das Haus eine halbe Stunde vor Anfang schon so gefüllt, dass ich nur kaum noch einen Platz erhielt. Dieses hätte manchen geniert, mich aber, der ich an Rheumatismus leide, freute es sehr, denn es ist mir von jeher angenehm gewesen, zwei Fliegen mit einer Klappe schlagen zu können, und ich hatte hier Gelegenheit, zugleich ein Schauspiel zu genießen und die Wirkung eines russischen Dampfbades auf meine körperlichen Zustände zu erproben. Der Vorhang ging auf, und mir blitzten so viele Uniformen entgegen, dass ich das gefüllte Haus schon begriff, ehe noch ein Wort gesprochen war. Mir kam die Idee zu einer ganz neuen Gattung von Dramen, deren Realisierung vielleicht eine völlige Umgestaltung der Bühne, die man ja schon so lange mit Sehnsucht und Ungeduld erwartet, zur Folge haben würde. Es steht ja doch wohl fest, dass man an Schauspielerinnen und Schauspielern hauptsächlich die Garderobe bewundert und das ist niemandem zu verdenken, denn an lebenden Personen, mit denen man sich, was Statur, Embonpoint u.s.w. betrifft, vergleichen kann, sieht man ganz anders, wie die neuen Pariser Moden stehen, als an den leblosen Kupfern des Modejournals. Wie wäre es, wenn man weiterginge, wenn man alles störende Beiwerk, zu allernächst z.B. die Poesie, die es mit allem, mit Herz und Welt, nur nie oder selten, mit der wirklichen reellen Hauptsache, zu tun hat, wegwürfe und, da nun freilich Dialog sein muss, die Beschaffenheit und den Preis der Waren-Artikel, die Adressen der Kaufleute und Schneider, darin abhandelte? Man wende mir hier nicht Abgeschmacktheiten ein, spreche mir nicht von Einförmigkeit des Gegenstandes und solchen Dingen. Einförmigkeit des Gegenstandes ist an und für sich kein Fehler, denn ich wüsste nicht, was einförmiger wäre, als die beiden Achsen, um die sich seit Jahrtausenden Trauerspiel und Lustspiel drehen, oder sagen sie uns etwas anderes, als dass die Ruchlosen bestraft werden, was das Trauerspiel predigt, und dass die Guten zum Ziel, nämlich zu einer Frau gelangen, worüber uns das Lustspiel belehrt? Ja sieht man, wenigstens bei guten Poeten, das Ende nicht immer mit solcher Bestimmtheit voraus, dass das große Publikum vielleicht eben aus diesem Grunde die schlechten vorzieht, bei denen alle Augenblick Querstriche vorkommen, die der ästhetische Griesgram als Willkürlichkeiten verachtet, die verständige Menge aber, der Abwechslung wegen, die sie darbieten, in Schutz nimmt? Es würde jedoch, genau betrachtet, bei den beständigen Krisen und Schwankungen der merkantilischen Welt von Einförmigkeit auf der Bühne der Zukunft so wenig die Rede sein, wie an der Börse, mit welcher sie, wenn sie sich den hier ausgesprochenen Ideen gemäß gestaltete, einen so intimen Bund schließen würde, wie ehemals mit Kanzel und Schulstube. An der Börse langweilt sich keiner, der Kurs mag steigen, oder fallen, im Gegenteil, was auch die Schiller und Goethe, die Ekhof und Schröder sich einbilden mögen, es wird dort ganz anders gehofft und gezittert, gelacht und geweint, wie vor den Lampen; wie sollte man sich also wohl langweilen, wenn man von der Bühne herunter statt der Resultate dichterischer Welt-Betrachtung, an denen den wenigsten liegt, die Resultate des Kommerzes, die für jedermann, selbst für die ästhetischen Murrköpfe, von Wichtigkeit sind, verkünden hörte? Wir haben hier, wie sich wohl von selbst versteht, da wir uns ins Kreis des Schönen befinden, ja nicht jene rohste Art des von uns vorgeschlagenen modernen Dramas im Auge, die im Leben selbst abgespielt wird. Nichts da vom Ablesen des Konto-Courants, nichts von der Ausrufer-Rhetorik, die man auf der Straße vernimmt. Das würde freilich ermüden, damit ließe sich gewiss kein Publikum von Bildung zufriedenstellen. Nein, das Drama soll Drama bleiben, es soll nur den Gehalt der Zeit in sich aufnehmen. Was wurde aus jenen ersten Anfängen der dramatischen Kunst bei den Griechen, aus diesen armseligen Chorgesängen, aus den

Rezitationen vom Thespiskarren herab unter Äschylos und Sophokles. Was würde eine Birch-Pfeiffer, ein Gutzkow nicht aus einer gewöhnlichen Laden-Szene, wo ein Mädchen kaufen und der Vater nicht bezahlen will und ein Kommis in dem Moment, wo sie schon die Tür in der Hand haben, aus einem Brief erfährt, dass er den Artikel billiger lassen kann, wie zuvor, ich sage, was würden diese Genien daraus machen. Sie würden uns moralische Stücke geben und uns unverschämte Kaufleute und Schneider vorführen, die, weil sie zu viel verlangen, nichts erhalten und aus Mangel an Abnehmern und Kunden bankerottieren müssen, und das würde manches einschlafende Gewissen wieder ermuntern. Sie würden uns Intrigenstücke liefern, und diese vor allen, welch Intrigen könnten z. B. bloß einer Schneider-Adresse wegen, die eine Dame zu haben und eine andere, um allein nach dem neusten Schnitt zu gehen, zu verheimlichen wünscht, gesponnen werden. Tragödien im höchsten Stil, auf die Schillers Worte passen: aber auch aus entwölkten Höhen pp wären nicht ausgeschlossen, man denke nur an die Kartoffel-Seuche und vergegenwärtige sich einen Mann, der eine Million hineingesteckt hätte. Es sind dies Fingerzeige und geben sich für nichts weiter. Zurück zu Graf Waltron. Es wurde auch gesprochen in dem Stück, viel gesprochen, doch merkte ich bald, dass darauf wenig ankam und dass noch etwas ganz anderes bevorstand, ich ergab mich also ruhig dem Schwitzen und wartete die Überraschung ab. Ich sah mich nicht getäuscht. Die Schauspieler waren diesmal alle Nebenpersonen, Pferde hatten die Haupt-Rollen übernommen, sie erschienen einzeln, zu zweien und dem Gesetz der Gradation gemäß am Ende zu sechsen und kaum der berühmte Emil Devrient tat sich neben ihnen hervor. Es ging mir mit diesem großen Künstler absonderlich, er war schon lange da und ich sah noch immer nach ihm aus, bis ich ihn plötzlich Graf Waltron anreden hörte und nun zu meinem Erstaunen belehrt ward, dass er übersehen werden kann. Das Spiel dieses Mannes erweckte in mir, wie das Stück, eigene Gedanken. Es ist natürlich, dass das Drama der Zukunft, welches ich oben zu charakterisieren suchte, auch einer neuen Schauspielkunst bedarf, die es trägt und hebt, und für diese schien mir Devrient ganz der Prototypus. Er spielt sein Herz mit dem Kopf, bedarf es weiteren Zeugnisses? Freilich ist er eines Organs wegen mit Recht berühmt, auf dem er jeden Ton anzugeben versteht, denjenigen ausgenommen, den man eben erwartet, weil man sich an die neue Manier, das Lachen durchs Weinen zu malen und umgekehrt, noch nicht gewöhnt hat. Welche Wunder würde er damit wirken, wenn er noch einige Sklavenfesseln bräche, wenn er sich nicht mehr an die gewöhnliche Akzentuation kehrte und z. B. statt gēhĕn gĕhēn sagte? Annäherungsweise tut er es schon jetzt! [3646]

Es ist eine interessante Frage, ob individuelle Abweichungen von allgemeinen Kunstgesetzen sich durch die besondere Beschaffenheit des künstlerischen Individuums rechtfertigen lassen. Ich kenne nur einen einzigen Fall, worin es geschehen ist und diesen gibt

Shakespeare an die Hand. Es ist für mich kein Zweifel, dass sein Zerfließen in unendliche Einzelheiten sich mit der Form des Dramas nicht verträgt. Vor der Kunst ist es gleich, ob ein Fehler auf königliche Weise oder in Bettler-Manier begangen, ob ein entbehrlicher, obgleich an sich gehaltvoller, Charakter gebracht oder eine ebenso überflüssige als nichtige Sentenz eingeflickt wird, denn jener Charakter würde Sentenz geblieben und diese Sentenz würde Charakter geworden sein, wenn König und Bettler Reichtum und Armut gegeneinander ausgetauscht hätten. Die Kunst kann sich nicht, wie die Natur, ins Unermessliche ausdehnen, und die Natur sich nicht, wie die Kunst, ins Enge zusammenziehen; hierin unterscheiden sie sich und aus diesem Unterschied sind die Grundgesetze der Kunst abzuleiten, wie die meisten Probleme der Natur, namentlich die Kunst selbst, auf ihn zurückzuführen. Es folgt daraus für die Kunst zunächst die Notwendigkeit freier Beschränkung; das singuläre Kunstgebilde muss mit dem Universum in Verbindung gesetzt und doch auch von demselben abgeschnitten, die Adern der Natur müssen hineingeleitet und doch auch wieder unterbunden werden. Hiegegen verstößt Shakespeare, aber man vergibt es ihm nicht allein, man hat ein Gefühl, als ob man ihm nicht zu vergeben, sondern ihm für die Grenz-Verwirrung sogar noch zu danken hätte. Warum? Wahrscheinlich, weil in diesem Dichter die beleidigende subjektive Willkür so ganz wegfällt, dass uns sein Individuum völlig verschwindet und dass wir durch das Medium der Kunst eine unmittelbare Natur-Wirkung zu erfahren glauben. Will man das Umgekehrte empfinden, so lese man einen sogenannten Humoristen, z.B. Jean Paul. [3679]

Der Frühling ist die Korrektur des Winters, der Sommer die des Frühlings, der Herbst die des Sommers! wäre ein Jean Paulscher Witz und ist vielleicht einer. [3683]

*Görres.* Sein Gesicht ist eine Walstatt erschlagener Gedanken; jede Idee, die seit der Revolution den Ozean deutschen Geistes mit ihrem Dreizack erschütterte, hat ihre Furche darin gezogen und diese Furchen sind, als der Jakobiner in den Heiligen zurückkroch, alle stehengeblieben. Man hat ein Wirtshaus in eine Kapelle verwandelt, aber den Schild abzunehmen vergessen; wer nicht weiß, dass drinnen gesungen und gebetet wird, der könnte hineintreten und Wein und Würfel fordern.
Man muss Görres nicht mit den Leuten verwechseln, die ihn umgeben und ihn zu sich rechnen; er ist ein homo sui generis. Am meisten innere Verwandtschaft hat er mit unserem deutschen Norweger Heinrich Steffens. Dieser hat als Protestant alle Görresschen Phasen durchgemacht, wenn auch zum Teil in anderen Sphären. Ohne Genie, aber mit einem fruchtbaren Kombinations-Talent ausgerüstet, das dem Besitzer immer für Genie gilt, stehen solche Individuen der Welt und der Geschichte, wie einem Schachbrett gegenüber und spielen, da sie nicht schaffen können. Sie

spielen mit den Dingen und glauben, es dem Genie gleichzutun, wenn sie sie auf neue Art ineinanderwirren; sie spielen mit sich selbst und glauben, sich zu bilden, wenn sie den Sprung von Extrem zu Extrem einüben und ausführen. Ihre Wurzellosigkeit halten sie für Freiheit, ihr willkürliches Sich-Ausdehnen und Wieder-Zusammenziehen für die Magen-Bewegung der Verdauung. Der Ausgangspunkt dieser Naturen kann ein zwiefacher sein. Entweder verlässt sie die Sehnsucht, einen Zentralpunkt zu finden; dann werden sie ganz Peripherie, dünne Peripherie, wie die Ochsenhaut der Dido und bilden sich ein, all die widersprechenden Dinge, die ihr weiter Kreis umschlossen hält, seien dadurch auch wirklich miteinander verknüpft. Oder es fröstelt sie in ihrer Abgetrenntheit vom organischen Lebensprozess; dann ziehen sie sich wurmförmig zusammen und winden sich um ihren eigenen Nabel oder um ein Kruzifix herum. In dem einen Fall Indifferentist, aber in dem Sinn, worin sie den Weltgeist für indifferent halten; in dem anderen Fanatiker, in beiden die Lüge der Versöhnung gegen Bewusstlosigkeit eintauschend. [3711]

Die Langeweile. Drama. [3763]

Man kann einen dramatischen Charakter, warum er so oder so ist, nicht aus dem Charakter selbst erklären, so wenig als die Nase, warum sie sich so oder anders zieht, aus der Nase; man muss ihn aus dem Stück zu erklären suchen, wie die Nase aus dem Gesicht, und es spricht eher für als gegen den Dichter, wenn auch dann noch etwas Unerklärliches übrig bleibt. [3773]

Der Dichter, der den Weltzustand, wie er ist, aufdeckt, muss nicht Liebe von seinen Zeit-Genossen fodern. Wann hätten die Leute denn ihren Henker geküsst!

[3777]

Ein Lustspiel, worin alle Personen des Trauerspiels auftreten und sich selbst parodieren. Allegorisch, im höchsten Sinn. Ein Dichter tritt auf, der bei seinem Stück die Idee hatte, einmal eins zu schreiben, das gerade zweieinhalb Stunden spiele. Nun unterbrechen ihn immer seine Personen, ob's auch zu lange daure pp pp [3785]

Ich habe in der letzten Zeit viel von Jean Paul gelesen und einiges von Lichtenberg. Welch ein herrlicher Kopf ist der Letztere! Ich will lieber mit Lichtenberg vergessen werden, als unsterblich sein mit Jean Paul!

[3805]

Der Genius der Dichtkunst ergreift einen Menschen beim Schopf, wie der Engel den Habakuk, dreht ihn gegen Morgen und sagt: male mir, was du siehst. Dieser tut's, zitternd und mit Angst, inzwischen kommen aber seine lieben Brüder und zünden ein Feuer unter seinen Füßen an. [3854]

Ich lese in einem Buch und lache über den Inhalt. Der Verfasser geht vorbei, fühlt sich beleidigt und fodert mich. Muss ich mich stellen? [3929]

Der Dichter, der dramatische, kann die großen historischen Mächte, die zu wirken und berechtigt zu sein, aufgehört haben, noch in negativem Sinn benutzen, sie parodistisch behandeln. Z.B. die höchsten Personen sind komisch an sich und untereinander, aber tragisch, Schicksals-Mächte, für andere. [4050]

Eine moderne phantastische Komödie ist noch immer möglich, denn der Komödie kommt das Sich-Selbst-Aufheben, das schon in ihrer Form liegt, dabei zustatten, sie fordert keinen Glauben für ihren Stoff, sie rechnet sogar mit Bestimmtheit darauf, keinen zu finden. Aber es gibt eine Grenze. Der Poet versetze sich durch einen Sprung, wohin er will, nur höre er zu springen auf, sobald er in seiner verrückten Welt angelangt ist, denn nur dies unterscheidet ihn vom Fieberkranken und Wahnsinnigen. Der phantastische Mittelpunkt in seiner Komödie sei, was die fixe Idee in einem bis auf diese gesunden Kopf ist, die die Welt nicht aufhebt, sondern sich mit ihr in Einklang zu setzen sucht. So leiht Aristophanes den Vögeln menschliche Leidenschaften, aber im Übrigen bleiben sie Vögel. [4102]

Ein Schauspieler, der zugleich ein Bauchredner ist und immer sich selbst ruft. [4165]

Ein hinkender Schauspieler auf einer Provinzbühne, der alle mögliche Rollen spielt und um den Naturfehler zu verdecken, in jedem Stück die Bemerkung einschiebt, dass er das Bein kürzlich gebrochen habe. *Karlos.* Aber, Posa, was ist Euch? Ihr gingt sonst rascher! *Posa.* Freilich, freilich, mein Prinz, aber auf Rhodus – – nun, was tut's, dass ich das Bein brach, ich hätte ja auch den Hals brechen können! [4201]

Den Abend gingen wir ins Theater und sahen Nestroys Schützling, ihn selbst als Hauptperson. Das Stück ist nicht ohne gute Züge im Einzelnen, nicht ohne Rundung im Ganzen, und völlig geeignet, den Zuschauer drei Stunden lang es vergessen zu machen, dass jede aus sechzig Minuten besteht. Das Publikum war zahlreich versammelt und geizte nicht mit seinem Beifall, ich selbst klatschte wacker mit, denn jeder lebendigen Bestrebung in dem auch mir angewiesenen Kreise gönne ich von Herzen ihren Lohn, nur das entschieden Nullenhafte, der verblüfften Masse Aufgedrungene ärgert mich mit seinen erschlichenen Erfolgen. Ich kann Nestroy freilich nicht mit Fritz Schwarzenberg, dem Landsknecht, einen modernen Shakespeare nennen, aber ich verkenne durchaus nicht sein gesundes Naturell, sein tüchtiges Talent und schätze ihn höher, wie das meiste, was sich in Wien auf Jamben-Stelzen um ihn herumbewegt. [4221]

»Alles Poetische sollte rhythmisch sein!« schrieb Goethe an Schiller, als dieser ihm angezeigt hatte, dass er seinen in Prosa angefangenen Wallenstein in Verse umschreibe. Ein höchst einseitiger und sicher nur durch den speziellen Fall hervorgerufener Ausspruch! Es gibt Gegenstände, die im Ganzen durchaus poetisch sind, im Einzelnen aber so nah an das Gebiet der Prosa streifen, dass sie das Pomphafte, was dem Vers anklebt, nicht vertragen, in alltäglicher Prosa aber freilich auch nicht aufgehen und darum ein Mittleres verlangen, welches aus beiden Elementen zu bilden dann eben die Hauptaufgabe des Dichters ist. Dahin gehört z. E. jeder Stoff einer bürgerlichen Tragödie. [4276]

In diesen Tagen der Verwirrung habe ich, nicht aus einem höheren Grunde, sondern bloß, um die Stunden auszufüllen, Steffens' Memoiren wieder gelesen. Was ist doch ein Mensch, dem die Form fehlt! Ein Eimer voll Wasser ohne den Eimer! [4343]

Die ganze dramatische Kunst hat es mit dem Unverstand und der Unsittlichkeit zu tun, denn was ist unverständiger und unsittlicher, als die Leidenschaft? [4414]

Der Verstand macht so wenig die Poesie, wie das Salz die Speise, aber er gehört zur Poesie, wie das Salz zur Speise. [4433]

Malen und Dichten in Deutschland: Gemälde-Galerie für die Fische anlegen. [4437]

Julius Caesar von Shakespeare: die Irren erschlagen ihren Arzt. [4463]

Schauspielen heißt doch am Ende nur: rasch leben, unendlich rasch! Einen Schauspieler rezensieren, heißt also den Lebensprozess eines Menschen rezensieren. [4689]

In Berlin sagte die Kreuzzeitung über Holofernes: »blutwürstiger Dieterich«, statt »blutdürstiger Wüterich!« Dortiges Witzwort. [4977]

*Im* Drama soll kein Gedanke ausgesprochen werden, denn *an* dem Gedanken des Dramas sprechen alle Personen. [4998]

Lieder singen und Geschichten erzählen: Unterschied zwischen dem lyrischen und dem charakteristischen Schauspieler. [5162]

In einem neuen Theaterstück, welches sehr gefällt, sind die Vieh- und Milchmägde, die auf der Senn-Alp wohnen, sogar über die Sonnenuntergänge entzückt. Für den Bauer ist die Sonne aber bloß eine Uhr, die dem Knecht immer zu langsam geht und dem Wirt immer zu schnell. [5253]

(In Bezug auf literarische Diebstähle) Man kann das ganze Mobiliar stehlen, aber freilich nicht das Haus. [5254]

Üchtritz erzählte manches über Grabbe, seltsam und abenteuerlich genug, aber nicht befremdlich für den, der diese aphoristische und eigentlich hohle Natur durchschaut hat. Von Heine entdeckt und in den Freundeskreis eingeführt, fragt er gleich den ersten Abend bei diesem und jenem an, ob er ihn beißen solle und zeigt dabei grinsend die Zähne. Ein sonst ganz philiströser Registrant fühlt sich ganz besonders von ihm angezogen; dem sagt er dann bei einem Spaziergang unter den Linden, es müsse sich unter den Bäumen trefflich ruhen und wirft sich zum Erstaunen der Vorübergehenden und zum Entsetzen des Begleiters wirklich hin. Üchtritz selbst unterhält er einmal einen ganzen Abend davon, dass er irgendwo bei einer Herrschaft als Lakai in den Dienst treten und sich im Intelligenzblatt als solchen unter dem Beisatz ausbieten wolle, dass er auch Tragödien liefern könne. Später, in Dresden bei Tieck, benimmt er sich ganz anders, so dass die ganze Familie nicht die geringste Extravaganz an ihm bemerkt; also eine Verrücktheit, die er in seiner Gewalt hatte, wie einen gezähmten Tiger. In Düsseldorf macht ihn Immermanns Geliebte, die Gräfin Ahlefeldt, die nebenbei gesagt, zehn Jahre in dem Hause des letzten Romantikers lebte, ohne dass seine intimsten Freunde es wussten, oder vielmehr wissen durften, den wilden Menschen mit den langen Zottelhaaren und den kurzen Beinkleidern mit einer Dame bekannt. Es geschieht auf einer Landpartie, die Dame ist gebrechlich und hässlich, und als es etwas in die Höhe geht, muss er ihr den Arm reichen. Er gebärdet sich dabei so wunderlich, dass die Ahlefeldt ihm zuruft: was machen Sie denn, Grabbe? antwortet: ich schiebe Ihr Rhinozeros hinauf! [5301]

Es gibt alte Menschen, die wie Kinder aussehen, aber wie Kinder einer anderen Welt. Dazu gehörte Tieck. [5320]

Ich habe Shakespeare immer für unerreichbar gehalten und mir nie eingebildet, ihm in irgendetwas nachzukommen. Dennoch hätte ich in früheren Jahren immer noch eher gehofft, einmal irgendeinen Charakter zu zeichnen, wie er, oder irgendeine Situation zu malen, als mir, wie er, ein Grundstück zu kaufen. Nichtsdestoweniger habe ich heute Mittag 10 Uhr einen Kontrakt unterzeichnet, durch den ich Besitzer eines Hauses am Gmundner See geworden bin! [5388]

Lord Byrons ganze Poesie kommt mir vor, wie ein absichtlich in die Länge gezogener Selbstmord aus Spleen. Der edle Lord schabt ohne Unterlass an seiner Kehle, aber mit dem Rücken des Rasiermessers, anstatt mit der Schneide. [5390]

Willst du wissen, ob irgendein Gedanke dramatischen Wert hat, so frag dich, ob er an mehr, als einem Orte gebraucht werden kann. Kann er's, so taugt er nichts; das Bein, das du abtreten, das Auge, das du herausnehmen kannst, hast du auch irgendwo gekauft. [5409]

Man kann sich aufs Dichten so wenig vorbereiten, wie aufs Träumen. [5432]

Bodmer rügte es bitter an dem jungen Klopstock, dass dieser seinen Tubus nach der Stadt zu den Mädchen gewandt habe, anstatt mit ihm und dem alten Sulzer nach den Alpen und den Gletschern zu schauen. Klopstock, als er es vernahm, erwiderte: vielleicht hat er auch erwartet, dass ich mich von Heuschrecken und wildem Honig nähre! Das einzige gute Wort, das ich je von ihm vernahm. Weimarer Jahrbücher. [5436]

Das Drama hat es vor allem mit der Wiederbringung des Teufels zu tun. [5607]

Ob Raum und Zeit überhaupt existieren, bleibe dahingestellt; fürs Drama existieren sie gewiss nicht. [5645]

Friedrich Schlegel erklärte seinem Freunde Tieck einmal, die himmlischen Gestirne würden dereinst zusammenrücken und in der Form des Kreuzes auf die Erde herabblitzen; ob er bei Tieck damit etwas ausrichtete, weiß ich nicht, aber für mich würde auch das, wenn es plötzlich geschähe, nichts weiter sein, als eine zufällige Konstellation der Himmelslichter, über die ich mich bei der Astronomie Rats zu erholen hätte. [5891]

Bei einem großen Dichter hat man ein Gefühl, als ob Dinge emportauchten, die im Chaos steckengeblieben sind. [5906]

Monolog: laute Atemzüge der Seele. [5907]

Warum so viele Schauspieler in den gewöhnlichen Dutzendstücken gefallen, in höheren aber gleich verloren sind? Dichter, wie Kotzebue und Iffland, liefern gewissermaßen nur einen Rock, in den ein Mensch hineinschlüpfen kann; wer es auch sei, der Rock gewinnt und erhält einen Anschein von Lebendigkeit, Shakespeare, Schiller und Goethe stellen einen Menschen hin, mit dem ein anderer Mensch sich identifizieren soll; wenn das nicht gelingt, so kommt ein

Monstrum, ein vierbeiniges Ungeheuer mit einem Doppel-Kopf zur Welt, vor dem Natur und Kunst sich gleichmäßig entsetzen. [5977]

Grabbe glaubte wahrscheinlich Wunder was zu tun, als er einen Don Juan und Faust schrieb. Das sind aber gar keine zwei Personen, denn jeder Don Juan endet als Faust und jeder Faust als Don Juan. [5981]

Ludwig Uhland ist gestorben. Er war im letzten Frühling schon schwer krank und genas wieder, hatte aber, wie man mir auf meiner Durchreise in Stuttgart erzählte, nicht das geringste Verlangen nach seiner Bibliothek, in der er sonst den ganzen Tag zu verbringen pflegte. Dies beunruhigte seine Frau und das mit Recht, denn wenn die Lieblings-Neigungen scheiden und erlöschen, so ist es mit dem Menschen aus. Die Großmutter meiner Frau war eine große Freundin von Blumen, pflegte sie sorgfältig und duldete nicht, dass die Kinder sie auch nur berührten. Eines Morgens reißt sie selbst alle aus den Töpfen heraus und streut sie herum. Sie ist dem Anschein nach noch gesund und wohl, aber den nächsten Tag in der Frühe, gleich nachdem sie ihr Bett gemacht hat, trifft sie der Schlag; sie sitzt in ihrer reinlichen weißen Haube gelähmt auf der Treppe und stirbt noch vor Abend. [5983]

Gestern Abend die Nibelungen. Ein gesteckt volles Haus; ohne Beispiel um diese Zeit. Unter dem Publikum, das sich die Urwelts-Recken ansah, bemerkte meine Tochter auch die drei Zwerge, die zuletzt im Treumanns-Theater gastierten. Sie waren höchst andächtig; die kleinen Männer freuten sich von Herzen über die großen und gaben ein gutes Beispiel, denn diese Eigenschaft ist die seltenste von allen. [6158]

Ein Gedicht pp sollte sich so rein vom Menschen abschälen, wie ein Apfel vom Baum. [6260]

*ad Nibelungen*

»Das ist ein Riese, aber er ist zusammengesetzt aus lauter Zwergen, die er nicht etwa totgeschlagen und verzehrt, sondern die die Natur lebendig aneinandergestückelt und ihn so hervorgebracht hat.« Das ist ein Epos, aber zusammengepfiffen aus lauter Volksliedern. [6286]

Schreiben heißt Bleigießen. [5494]

# NACHWORT

Hebbels Name hat derzeit nur für wenige einen lebendigen Klang. Gefeiert und angefeindet, blieb der Dichter außerhalb des deutschen Sprachgebiets so gut wie unbekannt. Auf deutschen Bühnen spielt man gelegentlich noch seinen kühn-genialischen Erstling »Judith«, »Maria Magdalene« (das erste rein bürgerliche Trauerspiel), und neuerdings sogar die von Klaus Heinrich bewunderten »Nibelungen«. Seine Gedichte sind, mit wenigen schönen Ausnahmen, verblasst, seine Erzählungen vergessen. Eine neue Art von Ruhm sichern ihm die postum erschienenen Tagebücher. Nicht ohne Grund gelten sie als Jahrhundertwerk.

Als Hebbel im Jahre 1863 starb, hinterließ er umfangreiche Aufzeichnungen, die, unbefriedigend ediert und stellenweise verstümmelt von Felix Bamberg, zuerst 1885–87 veröffentlicht wurden. Vollständigere und genauere Ausgaben folgten später. Sie enthalten nun 6347 Eintragungen von unterschiedlichem Interesse. Freilich sind es keine Tagebücher im herkömmlichen Sinn. Und sie beschränken sich nicht, wie etwa die Aufzeichnungen Elias Canettis, auf meist knappe Notizen. Protokolle von Hebbels Reisen und Kuraufenthalten, Naturschilderungen (die bezeugen, dass Hebbel ein geschärftes Auge hatte, wenn auch kaum für die bildende Kunst), kritische und philosophierende Exkurse in zuweilen seltsam verschraubter Prosa, das gelegentliche Gedicht, Privates (mit Vorliebe zur Selbst-Rechtfertigung), Auszüge aus entliehenen Büchern sowie Briefentwürfe verstellen immer wieder die Sicht auf das kurz Gefasste, Zugespitzte, gleichsam Zufällige. Der Leser, der sich zum überraschend Aufblitzenden, zum Fragmentarischen und Aphoristischen besonders hingezogen fühlt, wird hier auf das erstaunlichste fündig. »Das Unwillkürliche selbst darf erscheinen und das ist das Gegenteil dessen, was man beabsichtigen kann. Nichts Beabsichtigtes kommt ihm gleich«, sagt Martin Walser, ein Bewunderer von Hebbels »Gyges«, über »die Hingeschriebenheit« von Tagebüchern.[1] Dass hier die originellste Leistung des Autors Hebbel liegt, möchte diese Auswahl erweisen. Sie versucht nicht, Friedrich Hebbels Leben nachzuzeichnen. Das tun konsequent nicht einmal die Tagebücher. Ebensowenig möchte sie Hebbels Ästhetik möglichst vollständig ausbreiten. Der Dichter selbst hat das in Essays und Einführungen zur Genüge besorgt. Der sprachliche Reiz, die Ungewöhnlichkeit der Sicht, die Frische der Formulierung, die Knappheit und Direktheit der Niederschrift sollten bei der Wahl der Texte den Ausschlag geben.

Im Juni 1859 schrieb Hebbel an die Prinzessin Marie Wittgenstein: »Ich kann mich eben nur aphoristisch äußern und lege darum meine Kunst- und Weltanschauung am liebsten in Epigrammen nieder, wenn ich mich nicht mündlich aussprechen und andere zur Adoption meiner Gedanken veranlassen kann, was ich allem vorziehe.« Hebbel muss im Gespräch überwältigend gewesen sein. Ständig brauchte er Menschen, die empfänglich waren für seine »von Gedanken und Einfällen, dummen und klugen, blitzende Unterhaltung«, wie er selbst seiner damaligen Gefährtin Elise Lensing darlegte.[2] Hebbels Vertrauter der Wiener Zeit und erster Biograph, Emil Kuh, stellte den improvisierenden Redner Hebbel noch über den Autor. In vieler Hinsicht sind Hebbels Tagebücher Bausteine und Fragmente, die Probebühne oder das Echo seines Redestroms.

Obwohl Tagebücher und Memoiren zu seiner Lieblingslektüre gehörten, maß er seinen eigenen Notizen anscheinend wenig Bedeutung bei, während er die Komödie »Der Diamant«, eines seiner fragwürdigsten Werke, über die Maßen schätzte. Dabei gelingt ihm gerade in manchen seiner kurzen Aufzeichnungen jene Unmittelbarkeit, die er in einer Eintragung beschwört: »Den Augenblick immer als den höchsten Brennpunkt der Existenz ... ansehen und genießen: das würde leben heißen.« [Tagebücher 2542] Solche »blasenhafte Einfälle des Moments« [3943] im Schaffen eines Dramatikers, der seine Figuren mit Vorliebe aus biblischen oder mythologischen Quellen bezog, erinnern uns heute ein wenig an die »Klexbilder« Wilhelm von Kaulbachs, die dieser mit seinen Assistenten Michael Echter und Julius Muhr in Berlin 1847–50 anfertigte, wenn er das Bedürfnis fühlte, sich von der Arbeit an seinen riesigen Gemälden zur Kulturgeschichte der Menschheit zu erholen. Eine Auswahl davon, im Berliner »Kaffeklecksalbum« von 1880 veröffentlicht, erscheint uns heute um vieles reizvoller als Kaulbachs einst hochgepriesene Historienmalerei.

Hebbel selbst hatte offenbar nicht an eine Auswahl seiner Aphorismen gedacht. Die Ansicht, Autoren müssten sich notwendigerweise zu Lebzeiten als bekennende Aphoristiker ausweisen, um als solche ernst genommen zu werden, sollte allein schon durch das Beispiel Lichtenbergs, dessen »Sudelbücher« Materialien für ein (ungeschriebenens) Buch versammelten, entkräftet sein.

Es gibt Experten, die genau wissen, was ein Aphorismus sein soll: Er steht in Prosa, vermeidet also Versformen. Er ist weder erzählend noch dramatisch. Er ist, von Ausnahmen abgesehen, kurz. Er ist, außerhalb jeden Zusammenhangs, autonom. Er vermittelt Wahrheit, allgemein verbindlich und dauerhaft. Er gehorcht, als Maxime, der Vernunft. Er ist, als Formulierung, in sich abgeschlossen.

Einwände bieten sich an. Viele Aphorismen reagieren ja gerade auf hergebrachte Wahrheiten, weisen sie zurecht. Ihr Standpunkt ist nicht selten der eines Anti-Polonius. Welche Wahrheit sollte denn allseits verbindlich sein? Wer die eine, einzige gefunden zu haben glaubt, erscheint uns heute als potentiell gemeingefährlich. Aber auch mit dem Plural Wahrheiten hat man seine Not. Sind die »ewigen« Wahrheiten der Religion kompatibel mit den veränderlichen der Wissenschaft? Etablierten Weisheiten gegenüber, die uns in Sicherheit wiegen, verhalten sich manche Aphorismen wie Erdbeben von Lissabon im Kleinstformat. Ihre Funktion ist die Freigabe überraschender Denkreize. (»Sprachkürze gibt Denkweite«, sagte Jean Paul.) Ob ein Aphorismus jeweils neu und unabhängig erfunden ist, fällt dabei weniger ins Gewicht als der Denkprozess, den er auszulösen vermag.

Ich halte Hebbel für den wichtigsten deutsch schreibenden Aphoristiker zwischen Jean Paul und Nietzsche – noch weiter gefasst: zwischen dem von ihm hochbewunderten Lichtenberg und den aufmerksamen Hebbel-Lesern Kafka und Canetti. In den Aphorismensammlungen ist Hebbel bisher nur spärlich oder gar nicht vertreten. Ob das Fluktuieren eines festen geistigen Standorts die Anthologisten abgeschreckt haben mag? Hebbel war nämlich ein Bündel von Widersprüchen. Nietzsches Wort, der Widerspruch sei das wahre Sein, bewahrheitet sich in Hebbel, wie übrigens schon in Heine. Lassen wir Hebbel selbst sprechen:

»Die einzige Wahrheit, die das Leben mich gelehrt hat, ist die, dass der Mensch über nichts zu einer unveränderlichen Überzeugung kommt und dass alle seine Urteile nichts als Entschlüsse sind, Entschlüsse, die Sache so oder so anzusehen.« [3713] »Es ist recht übel, dass, während man das eine sagt, man nicht auch zugleich das andre sagen kann. Menschen mit einer Anzahl von Munden, wie jetzt mit Poren, würden doch noch immer nicht imstande sein, alle Seiten der kleinsten Sache so weit zu berücksichtigen, dass keiner einzigen Unrecht geschähe.« [3305] »Wer mich kennt, muss wissen, das mein Heute oft das Wort des Gestern aufhebt.«[3] »Der Mensch ist ein Aeolus-Schlauch mit den in alle Richtungen auseinandergehenden Winden.« [4625] Und: »Mir wird alles Unveränderliche zur Schranke, und alle Schranke zur Beschränkung.«[4]

Dass auch Goethe diese Geisteshaltung nicht unbekannt war, erweist sich in seinen »Maximen und Reflexionen« [623]: »Alles ist gleich, alles ungleich; alles nützlich und schädlich, sprechend und stumm, vernünftig und unvernünftig. Und was man von einzelnen Dingen bekennt, widerspricht sich öfters.«

Peter Michelsens grundlegende Analyse der Tagebücher hat deutlich gemacht, dass Hebbel zwar in stets erneuten Anläufen das Absolute suchte, im Gespräch wohl auch apodiktisch vertrat, zugleich aber die Redlichkeit und Entschlossenheit aufbrachte, absolute Positionen immer wieder in Zweifel zu ziehen. »Es zeugt von Hebbels Kritik an sich selbst, dass er jede Verabsolutierung wieder verwirft.«[5] Hebbel ist, wie er selbst so schön sagt, Gott in seinem eigenen Ich als Teufel entgegengetreten.[6] Gäbe es einen Ambivalenzverein, Hebbel wäre dessen Schutzpatron.

Gewiss, es war da auch so etwas wie ein von Hebbel entworfenes tragisches Weltsystem, das er seinen Theaterstücken als »Wahrheit« zugrunde legte. Peter von Matt, dem wir einen inspirierten Aufsatz über Canetti und Hebbel verdanken, fasst es zusammen als eine Theorie des Universums, das den Menschen hervorbringt, »um in ihm zum Bewusstsein zu kommen und sich selbst genießen zu können, wobei dieses Individuum in dem Maße, in dem es sich individualisiert und also seine Weltsendung erfüllt, auch die eigene Zerstörung, das Zurückgeschlungenwerden ins Ganze, vorantreibt.« Es empfehle sich jedoch, Hebbels Aufzeichnungen unabhängig davon als Gefäße »plötzlicher, ungestümer Wahrheiten« auf sich wirken zu lassen.[7]

Hebbel war nicht bloß ein Gedanken-Sisyphos, der seine Denkfiguren unermüdlich bergauf wälzte, sondern auch ein Gedanken-Spieler. In seinen Aphorismen und noch mehr in jenen Notizen, die kuriose Einfälle und Beobachtungen festhalten, finden wir eine Lust an der Laune der sprachlichen Fügung, die dem Bild des spröden, krampfhaft vergrübelten Hebbel völlig entgegensteht. Ein Aphoristiker darf auch Spaß machen – der Leser wird es ihm danken – und seinen Spaß haben, zumal wenn sich in diesen Späßen, wie Goethe von Lichtenberg gesagt hat, stets ein Problem verbirgt.

Manche Eintragungen Hebbels sind derart ins Extrem getrieben, dass diese Zuspitzung ins Komische umschlägt. Wie oft wird diesem »Pantragisten« schon zugestanden, dass ihn Komisches entzückte? In Gesellschaft bei Moritz Gottlieb Saphir hört er »ein paar Geschichten zum Totlachen für mich; 70 Trauerspiele wert.« [5191] Wüsste man nicht um den Tragödiendichter, man würde aus den kurzen Notaten manchmal eher auf einen Humoristen schließen. »Tritt jemand ein, so empfinde ich zunächst, ob sein Auftreten komisch ist oder nicht.« [5749] Hebbel kann sich sogar eine humoristische Weltgeschichte vorstellen, aber nur das größte Genie könne und würde sie schreiben, es sei die letzte Aufgabe der Poesie. [639] Er rühmt die »herrlichen, komischen Szenen« in Justinus Kerners hinreißenden, auch heute noch kaum beachteten »Reiseschatten« und sondiert die Möglichkeit eines Lustspiels, »worin alle Personen des Trauerspiels auftreten und sich selbst parodieren« [3785], eine Aufgabe, die Nestroy in seiner Hebbel-Parodie »Judith und Holofernes« nicht schlecht bewältigt hat. Oder er denkt an eine Humoreske, in der einer »an einem Tage alle Gebote zugleich erfüllt und übertritt«. [4322]

Zu den Zügen, die uns Hebbel so zeitgenössisch erscheinen lassen, gehört seine Affinität zu dem, was wir heute schwarzen Humor nennen. Auf dem schmalen Grat zwischen dem Absonderlichen, Monströsen, Grotesk-Komischen und dem Makabren hat sich ja, von Kafka über Canettis »Blendung« zu Beckett, zu György Ligetis »Aventures et Nouvelles Aventures« und zu Buñuels späten Filmen, Wesentlichstes in der Kunst und Literatur des letzten Jahrhunderts zugetragen. »Man möchte vor Grauen erstarren, aber die Lachmuskeln zucken zugleich«, erklärt Hebbel in der Widmung seines kaum erheiternden »Trauerspiels in Sizilien«, die ein in die Zukunft weisendes Konzept der Tragikomödie enthält. Im Vorwort zum »Diamant« nennt er die Lustspielfrage die wichtigste Angelegenheit des neueren Dramas. Eine Antwort zu finden war ihm nicht gegönnt, doch bieten sich hier zwei von Hebbels »Gnomen« (Epigrammen) als Kommentar an:

»Was die Komödie sei? Die höchste und reichste der Formen!
Jede geringere wird ihr ja aufs neue zum Stoff!«

»Wollt ihr wissen, warum uns die echte Komödie mangelt?
Weil die Tragödie sie bei den Modernen verschlingt!

Individuen sind als solche schon komisch, an sich
schon,
Wer sie noch steigert, der bringt meistens auch
Fratzen zur Welt.«[8]

Zuhause stellt Hebbel sein bis zur Verrücktheit geliebtes Eichhörnchen, das er ausstopfen ließ, vor seine Shakespeare-Ausgabe aufs Bücherregal, oder unter den Weihnachtsbaum.

Immer wieder lässt Hebbel spüren, dass ihn das besonders anzieht, was durch die Maschen eines rationalen Lebens- und Weltbilds schlüpft. Während er in jüngeren Jahren mit Bedauern konstatiert, seine frühen Poesien enthielten keinen Unsinn, weil es ihm damals noch an Phantasie gefehlt habe [196], wird er bald so durchlässig für das Bizarre und Absurde, daß sich seine wachen Gedanken zuweilen kaum mehr von den Träumen, die er so gerne notiert, unterscheiden. Zeitweise werden Traum und Poesie für ihn identisch [4188], der Traum sei, wie Hebbel betonte, der Ursprung seines Schaffens. Hebbel notiert Träume nicht als etwas zu Deutendes, sondern als Phänomene, deren Seltsamkeit sich gelegentlich als schicksalhaftauslösendes Moment einer Bühnendichtung benützen ließ. In diesen Bereich des schlechthin Phänomenalen gehört für ihn ja auch der Humor. Das echt Komische sei wahr, das heißt auf die Natur gegründet, und doch könne man in der Natur keine Gesetze, keine Bedingungen finden, die es hervorriefen und es ermöglichten. Hierin liege das »Pikante des Eindrucks«, den es mache. [1176] Humor sei »die einzige absolute Geburt des Lebens«. [329]

Widersprüchlich ist auch die Person Hebbel. »Der erste Eindruck, den er erregt, ist ebenso erhebend wie niederdrückend«, erklärt Emil Kuh.[9] Seine durch ein außerordentliches Gedächtnis gespeiste Beredsamkeit, augenfälligstes Merkmal seines Wesens, entzückte und befremdete zugleich. Wer sie am längsten und regelmäßigsten aushielt, wurde sein Freund. Das Resultat war eine Art Leibeigenschaft. Hebbel, kein Naturschwärmer, sagte von sich, er fresse nicht Maikäfer sondern Menschen. Eduard Hanslick, der eine zeitlang zur Hebbel-Côterie gehörte, nennt ihn einen Virtuosen des mündlichen Vortrags, der im Selbstgenuss dieser Virtuosität schwelgte. Dozierend, wenn nicht geradezu predigend, »kam er dem Angeredeten immer näher und näher, bis diesen der Hauch seines Mundes berührte«. Hanslick wich dann unmerklich immer weiter zurück, bis er, mit dem Rücken an der Wand, nicht weiter konnte. »Dabei pflegte Hebbel den Kopf langsam, taktmäßig, nach rechts und links zu wiegen und mit der rechten Hand zu agieren.«[10]

Allgemeine Bewunderung erweckten Hebbels große blaue Augen. Sie gehörten zu dem flachsblonden Norddeutschen, der aus dem dänischen Grenzgebiet auf entbehrungsreichen Umwegen über Hamburg, München, Paris und Rom in Wien zur Ruhe gekommen war. Gewiss ist in den Nöten und Frustrationen seiner jungen Jahre die Wurzel seiner tragischen Theorie zu suchen. Sein Selbstmitleid entlud sich in

Selbstherrlichkeit und Welthass. »Ich möchte mich nie an Menschen rächen, die mir Übels tun, aber an Gott, der solche Menschen geschaffen hat. Buchstäblich wahr.« [3442] Zum Glück schlug diese Haltung, wie die Tagebücher zeigen, manchmal in Humor um. Tragischsein ist anstrengend.

Hebbels Fähigkeit, Freunde und Gönner vor den Kopf zu stoßen, war legendär. Am schlimmsten verfuhr er mit »seinem Engel«, der Hamburger Näherin Elise Lensing, die ihn mit Geld versorgte und ihm zwei Kinder gebar. Sie hatte ihm »wie man vormals so schön sagte, alles gegeben. Er hatte alles genommen« (Hans Blumenberg). Zugunsten der Wiener Burgschauspielerin Christine Enghaus, die ihm nicht nur ihre Schönheit und künstlerische Empathie, sondern auch, mit einer Gage von 6000 Gulden jährlich, materielle Sicherheit zu Füßen legte, ließ er Elise in Hamburg zurück. Franz Dingelstedt, der als Intendant in Weimar Hebbels »Nibelungen« aus der Taufe hob, vermerkte: »Frauen schulden ihm ihre Liebe, Fremde ihr Geld, das er, geschenkt und geborgt, annimmt – der Souverän seinen Tribut.«[11] Als Modellfall seiner eigenen, den jungen Literaten seiner Umgebung immer wieder eingeschärften Überzeugung, nur der bedeutende, sittlich erhabene Mensch könne ein bedeutender Künstler sein, wird man Hebbel kaum in Anspruch nehmen.

In diesem Zusammenhang sei an ein weiteres Merkmal des Aphorismus erinnert: Er greift über die Person des Autors hinaus, lässt sie hinter sich zurück.

Während Hebbels Kreativität jederzeit bereit war, sich in seinem Redefluss zu entladen, beschränkte sich das Niederschreiben von Theaterstücken auf die Herbstmonate und auf wenige Stunden des Tages. Der Rest der Zeit wurde hauptsächlich auf endlosen Spaziergängen, redend und gestikulierend, in Gesellschaft junger, literarisch ambitionierter, oft jüdischer Adepten verbracht. Hebbel selbst wurde in der Presse zuweilen in unfreundlicher Absicht als Jude hingestellt, was ihn keineswegs verdross. Die Faschingskrapfen, die er allen anderen vorzog, kaufte er bei einem koscheren Zuckerbäcker.

Trotz seiner Selbsteinschätzung als das überragende Dichtergenie seiner Zeit hatte auch Hebbel literarische Götter, zu denen er aufschaute: Es waren dies Sophokles, Shakespeare und Goethe, dieser allerdings unantastbar nur als Lyriker. Bei Schiller mischten sich Bewunderung und herbe Kritik. »Don Quijote« las er angeblich jedes Jahr wieder. Freundliches sagte er noch über den damals so geschätzten Walter Scott und über Tieck, Uhland und seinen Landsmann aus Dithmarschen, Klaus Groth. Gedichte, die er mochte, konnte er »zu hunderten« rezitieren. Vor Grillparzer hatte Hebbel großen Respekt, den dieser allerdings nicht erwidern mochte: Es gebe nur einen, sagte Grillparzer, der Hebbel noch beeinflussen könnte, der aber sei tot. Ein Jahr später korrigierte er sich: Selbst Goethe hätte ihn nicht beeinflussen können.[12]

Zwischen Hebbel und seinem Antipoden Adalbert Stifter herrschte feindseliges Unverständnis. Bei einem weiteren Zeitgenossen, dem Wiener Theatergenie Johann Nestroy, lag der Fall etwas anders. Obwohl Nestroy ihn zum Entzücken des Publikums persifliert hatte, verhielt sich Hebbel ihm gegenüber weltmännisch. Allerdings wurde Nestroys »Judith und Holofernes« zu Hebbels Lebzeiten noch ohne Nennung des Autors aufgeführt. Als man die beiden in einer Abendgesellschaft zusammenbrachte, redete der Tragödiendichter, der nie als Schauspieler auf einer Bühne gestanden war und seine Regisseure meist ohne Einspruch gewähren ließ, souverän auf Nestroy ein, während der in feiner Gesellschaft stets verlegene Komiker und geborene Theatermensch sich immer nur schüchtern und händereibend verbeugte.[13]

Zu den Denkern, die Hebbel als nützlich oder verwandt berührten, gehörten die Philosophen Feuerbach und Schopenhauer. Im übrigen wurden Schriftsteller meist danach beurteilt, ob sie ihm die gebührende Verehrung entgegenbrachten oder nicht. Der große Eindruck, den Heine von der Lektüre der »Judith« empfing, bedeutete Hebbel viel. Später fand Gottfried Keller das Stück »ganz gewaltig und tief«[14]. Zu den Bewunderern unter den Komponisten gehörten Liszt, sekundiert von den Damen Sayn-Wittgenstein und seiner Tochter Cosima, die als 21jährige Hebbels »Maria Magdalene« ins Französische übertrug, sowie vor allem Robert Schumann, der Hebbel enthusiastische Briefe schrieb und dessen »Genoveva« komponierte. Als Hebbel ihn aufsuchte, sagte Schumann, dem die Worte schwer aus dem Mund kamen: »Was kann ich für Sie tun?« Worauf Hebbel sagte: »Wo ist hier die nächste Droschke?«[15]

Die Anstrengungen der frühen Jahre hatten Hebbel auch physisch zugesetzt. Längere Perioden der Unterernährung, in ungeheizten Zimmern verbrachte Winter und Fußmärsche, wie jener von München nach Hamburg mit einem kranken Hündchen auf dem Arm, hinterließen ihre Spuren und machten ihn zu einem chronischen Rheumatiker, dessen Brustkorb schließlich im Alter von 50 Jahren als Resultat der Osteoporose einbrach. Die Bedingungslosigkeit, mit der er sein einziges Ziel verfolgte, ein großer Dichter zu sein, hatte ihn aufgezehrt. Schon Hebbels frühe Notizen verbanden Literatur mit Blut, Gewalt und Wahnsinn. »Dichten heißt, sich ermorden«, sagt das Tagebuch. [1838] »Der Dichter wird sein Blut los und es zerrinnt im Sande der Welt.«[16]

Alfred Brendel

*Quellen*

Friedrich Hebbel: Werke in 5 Bänden, herausgegeben von Werner Keller und Karl Pörnbacher. München 1963–1967. – Die Tagebücher stehen in den Bänden 4 und 5 und sind danach, behutsam modernisierend, zitiert.

Emil Kuh: Biographie Friedrich Hebbels. 2 Bände. Wien 1877

Paul Bornstein: Hebbels Persönlichkeit. Gespräche, Urteile, Erinnerungen. Berlin 1924

Peter Michelsen: Friedrich Hebbels Tagebücher. Eine Analyse. Göttingen 1966

Johann Wolfgang Goethe: Maximen und Reflexionen. Münchner Ausgabe Band 17. München 1991

Hans Blumenberg: Grenzfälle. Glossen zu Hebbels Diarium. In: Lebensthemen. Stuttgart 1998

Peter von Matt: Der Entflammte. Über Elias Canetti. München 2007
Peter von Matt: Das Wilde und die Ordnung. Zur deutschen Literatur. München 2007
Klaus Heinrich, Heiner Müller, Peter Kammerer und Wolfgang Storch: Kinder der Nibelungen. Frankfurt am Main 2007

*Anmerkungen*

1 Frankfurter Allgemeine Zeitung, 23. Juni 2007
2 an Elise Lensing, 18. Dezember 1845
3 Bornstein II, S. 324
4 an Elise Lensing, 19. Dezember 1836
5 Michelsen, S. 139
6 an Elise Lensing, 6. November 1843
7 von Matt: Der Entflammte, S. 59
8 Werke Band 3, S. 123
9 Bornstein I, S. 390
10 Bornstein I, S. 238
11 Bornstein I, S. 339
12 Bornstein I, S. 185
13 Bornstein I, S. 357
14 Bornstein I, S. 311
15 Bornstein I, S. 215
16 Werke Band 5, Nachwort von Werner Keller, S. 993

# PERSONENREGISTER

Äschylos 137 [3646]
Ahlefeldt, Elisa von 148 [5301]
Alberti 98 [2218]
Albrecht, Justizrat 91 [6230]
Aristophanes 126 [2635], 133 [3468], 143 [4102]
Augustus 91 [6261]
Bäuerle, Adolf 83 [5191]
Birch-Pfeiffer, Charlotte 134, 137 [3646]
Boccaccio, Giovanni 60 [2705]
Bodmer, Johann Jakob 149 [5436]
Brentano, Clemens 87 [5415]
Brücke, Ernst Wilhelm von 87 [5413]
Byron, George Gordon Lord 149 [5390]
Corneille, Pierre 130 [2939]
Devrient, Gustav Emil 134, 138 [3646]
Ekhof, Konrad 136 [3646]
Engländer, Siegmund 76f. [4301], 102 [6147], 112 [4222]
Feuchtersleben, Baronin 80 [4668], 82 [4910]
Freytag, Gustav 102 [6255]
Friedrich Barbarossa 131 [2946]
Friedrich II. 131 [2946]
Geibel, Emanuel 114 [6145]
Görres, Joseph 140 [3711]
Goethe 121 [1318], 136 [3646], 145 [4276], 150 [5977]
Grabbe, Christian Dietrich 147f. [5301], 151 [5981]
Gravenhorst, Friedrich Wilhelm 107 [1352]
Gregorovius, Ferdinand 41 [6322]
Gutzkow, Karl 137 [3646]
Halm, Friedrich 128 [2762]
Hamann, Johann Georg 49 [944]
Hebbel, Christine (Tine; Ehefrau) 82 [4936, 4988], 99 [3706, 4204], 100 [4273, 4914], 101 [4949, 4957, 6058], 114 [6081]
Hebbel, Christine (Titi; Tochter) 82 [4936], 89 [5855], 114 [6081]
Hebbel, Johann (Bruder) 106 [1323]
Hebbel, Klaus Friedrich (Vater) 105 f. [1323]
Heine, Heinrich 147 [5301]
Herder, Johann Gottfried 49 [944]
Hoffmann, Ernst Theodor Amadeus 87 [415]

Humboldt, Alexander von 114 [6081]
Humboldt, Wilhelm von 91 [6233]
Iffland, August Wilhelm 150 [5977]
Immermann, Karl Leberecht 148 [5301]
Jacobi, Woldemar von 95 [860]
Jean Paul 124 [2561], 140 [3679, 3683], 142 [3805]
Kerner, Justinus 121 [1318], 122 [1651]
Kleist, Heinrich von 112 [4222], 122 [1536]
Klopstock, Friedrich 149 [5436]
Kotzebue, August von 150 [5977]
Kracher, Madame 79 [4434]
Lensing, Elise 69 [3428], 98 [2388], 107 [1352]
Lenz, Jakob Michael Reinhold 121 [1471]
Lichtenberg, Georg Christoph 142 [3805]
Lichtenstern 114f. [6145]
Löwe, Ludwig 81 [4879]
Lucka, Dr. 86 [5285]
Martens, Johann Friedrich 113 [5551]
Mirabeau, Honoré Comte de 28 [3078]
Möller, Heinrich Ferdinand (Graf Waltron) 134ff. [3646]
Montespan, Françoise de 91 [6261]
Münchhausen, Freiherr von 76 [4288]
Napoleon Bonaparte 90 [6154], 96 [1056]
Nestroy, Johann 144 [4221]
Pitaval, François Gayot de 79 [4532]
Nordberg, Hofrat 114 [6081]
Platen, August von 119 [427], 126 [2635]
Platon 126 [2635]
Prechtler, Otto 78 [4377], 99 [4013]
Rachel 130 [2939]
Rendtorf, Otto 107 [1352]
Robeck, Madame 85 [5255]
Robespierre, Maximilien de 28 [3078]
Sandor, Graf 81 [4879]
Saphir 83 [5191]
Schiller, Friedrich 122 [1537], 136f. [3646], 145 [4276], 150 [5977]
Schlegel, Friedrich 150 [5891]
Schneidler 47 [187]
Schöll, Gustav Adolf 114 [6081]
Schröder, Friedrich Ludwig 136 [3646]
Schwarz, Beppi 95 [757]
Schwarzenberg, Fritz 144 [4221]
Shakespeare, William 39 [5502], 124 [2119], 127 [2755], 139 [3679], 144

[4221], 146 [4463], 148 [5388], 150 [5977]
Soldan 77 [4303]
Sophokles 127 [2755], 137 [3646]
Steffens, Heinrich (Henrik) 140 [3711], 145 [4343]
Stoltz (Ottoniade) 95 [1015]
Sulzer, Johann Georg 149 [5436]
Tedesco, Dr. 79 [4511]
Tennenbaum 81 [4865]
Tiberius 91 [6261]
Tieck, Ludwig 105 [1323], 125 [2619], 147f. [5301, 5320], 150 [5891]
Üchtritz, Friedrich von 147 [5301]
Uhland, Ludwig 120 [1083], 151 [5983]
Varnhagen, Rahel 121 [1318]
Werner, Karl 88 [5635]

Alfred Brendel
im Carl Hanser Verlag

Ausgerechnet ich
Gespräche mit Martin Meyer
2001. 360 Seiten

Spiegelbild und schwarzer Spuk
Gesammelte und neue Gedichte
2003. 287 Seiten

Die kommentierte Dünndruckausgabe
der Werke von Friedrich Hebbel
in den Hanser Klassikern

Band I

Dramen I: Judith · Genoveva · Der Diamant · Maria Magdalene · Ein Trauerspiel in Sizilien · Julia · Herodes und Mariamne · Der Rubin · Michel Angelo · Agnes Bernauer

Band II

Dramen II: Gyges und sein Ring · Die Nibelungen · Ein Steinwurf oder Opfer um Opfer · Verkleidungen · Dramatische Fragmente: Moloch · Demetrius · Die Dithmarschen · Die Schauspielerin · Christus u. a.

Band III

Gedichte · Mutter und Kind · Erzählungen · Theoretische und autobiographische Schriften · Rezensionen · Reiseberichte

Band IV

Tagebücher I

Band V

Tagebücher II · Briefe · Register · Nachwort